AF422736

Matteo Belgiovane

Castelli di Carta

◆

EDIZIONI WE

ISBN 979-12-5497-087-4

PREFAZIONE
di Claudio Ardigò – Critico Letterario

Un racconto lungo quello di Matteo Belgiovane basato principalmente su riflessioni di un ragazzo che vuol essere protagonista attivo in questa società al limite della disgregazione; schegge di vita immerse nella realtà abbagliate dal sogno e dall'ossessione.

Immagini che si aprono alla narrazione e invitano il lettore a riflettere sul nostro rapporto con gli altri, sul tempo su quello che va oltre il nostro orizzonte oltre i suoi limiti. Un racconto nella forza della poesia tra fulminanti intuizioni filosofiche.

Una vita vissuta in precario punto di partenza che esplora il ricco panorama dell'esistenza.

Rivelazioni di un attimo che sconvolgono il corso del tempo e restituiscono senso a un destino intenso.

È come se all'improvviso Belgio si fosse fermato, guardandosi dentro in un misto di noia scontento e sconforto.

L'autore non cerca la fama o la gloria prima bisogna vivere la fatica, il sudore, la gioia, la paura e la sconfitta, la miseria di essere uomo per questo chiede solo di esser letto.

L'autore ha imparato a vedere le parole non solo a sentirle, hai imparato a distinguerle dai suoni a immaginarne la successione per stringere il lettore in un abbraccio, in modo che le parole non tradiscono il pensiero. Un racconto per fermare il tempo per tagliare in due la verità per distinguerne il fuori dal dentro per diventare finalmente come si è.

In Castelli di Carta scopriamo che la nostra esistenza continua a pulsare anestetizzata dalle abitudini dalle ossessioni dalle piccole violenze quotidiane, ma può accadere molto altro, qualcosa di diverso ed importante a volte abbagliante a volte oscuro.

Con questo racconto Belgio impone la sua voce i suoi punti di vista, a volte drammatici altre volte ironici ma tuttavia sempre veri.

Pagine decise, emozionanti in una prosa che accarezza e graffia, ferisce e consola.

Belgio in quest'opera non si limita alla rabbia o alla gioia del momento vive tra la poesia e il calcio, tra i nervi e il sangue di chi è in cerca di sentimenti non corrotti dalla cultura di questa società.

L'autore combatte contro l'atrofia del pensiero, l'agonia del linguaggio, quando il vivere contemporaneo si esaurisce in due verbi, dare e avere e in due aggettivi che in questo tempo hanno invertito il loro significato utile e inutile.

L'intento di Belgio va oltre le parole nel risvegliare dal torpore il lettore far sì che non significano solo se stesse ma rimandano ad altre e ad altre ancora fino al pensiero che porta ad altri pensieri.

C'è una domanda non scritta ma sempre presente nel testo: perché scriviamo?

Perché per Belgio non è sufficiente parlare.

Uno scrivere oraziano, un invito a tornare indietro quando ti accorgi che i Castelli di Carta perduti valgono più di quelli desiderati.

Claudio Ardigò

INTRODUZIONE
di Matteo Belgiovane

Ci sono attimi in cui il silenzio fa davvero la differenza nella vita. Lo stress mondano ci schiaccia quasi soffocandoci, siamo spesso messi inconsciamente in competizione gli uni contro gli altri, dimenticandoci quanto la collettività possa davvero fare la differenza, non solo nel gruppo, ma anche nelle prestazioni del singolo.

Ci distinguiamo dagli animali per la ragione e per la capacità di provare rimorso, nella storia dell'umanità abbiamo visto di cosa siamo davvero capaci. L'odio si nasconde come fa un predatore, esso si nutre delle nostre sensazioni, dei nostri attimi di vita, rendendoci il futuro una vera e propria corsa contro l'invidia che proviamo verso gli altri. Il rancore, l'odio, la sofferenza, non sono sensazioni che collaborano con la nostra crescita, bensì ci penalizzano bloccando la nostra corsa verso un futuro migliore. La risposta alle nostre insicurezze non possiamo trovarla sempre negli occhi delle altre persone, tutto ciò di cui abbiamo bisogno per comprendere noi stessi, è ben sistemato nei cassetti della nostra anima. L'amore non deve essere una soluzione, ma deve essere un compagno di vita, l'amore non ha la facoltà di diventare l'unico appiglio di felicità nella vita, nessuno deve mettersi le catene con un'altra persona, l'amore non deve avere regole, bandiere, l'amore è bello per la sua infinita libertà. La libertà... quel concetto così complesso al quale non riusciamo tutt'oggi a dare una chiara definizione. Libertà non porta all'anarchia, ma la libertà è essere liberi sotto altre regole. L'uomo è l'unico animale sul pianeta, che se vuole la pace pensa di dover fare guerre. Ogni proiettile cancella vite come una gomma, portando sofferenza e ferite perenni ad altri individui. La guerra se non ti porta via la vita, ti porta via l'anima.

Signori e signore, donne, uomini, bambini…
Matteo Belgiovane, in arte Belgio, insieme ad Edizioni We, vi porterà nel suo mondo, vi porterà tramite le parole e l'inchiostro nei suoi pensieri.

Castelli di carta

♦

I
IL VERBO DELL'ODIO

Sapete, quando ero piccolo amavo disegnare le barche. Mi sentivo libero solo nell'immaginarle durante la loro navigazione, il continuo loro sfuggire dalle persone e dalla terra ferma, mi affascinava. Mentre la matita sul foglio scorreva, la grafite si consumava mischiandosi con il foglio candido, smarrivo in essi tutti i miei pensieri. Ci sono vari tipi di libertà, ma fidatevi, anche la libertà ha delle regole precise. "Colonnello Jeff! Colonnello, sveglia, l'aereo sta per partire! - Uno dei miei soldati-". La stanchezza che provavo non era fisica, ma mentale, l'abbandonare nuovamente la mia famiglia per una missione mi logorava dall'interno. Il pendolo scandiva il mio tempo, lo sentivo sprecato, in mezzo a quella polveriera. Erano le 4:30 di mattino a Boston e tutto il necessario era già stato caricato sull'aereo, solo ciò che era materiale, ma occhi, cuore e testa no. L'aereo era in fase di decollo. "amore, dai sveglia che sei in ritardo per la riunione-mi disse mia moglie-". Mamma mia quanto ero stanco, avevo sognato nuovamente la mia partenza verso l'Afghanistan, servire la patria era tutto ciò che fin dall'età adolescenziale avevo sognato, democrazia, diritto e uguaglianza, valori che portavo ben saldi sulla mia divisa. La quiete mondana del Mississipi era clamorosamente di spessore all'interno del mio equilibrio mentale. Avevo alle spalle numerose missioni, tanti amici defunti ai quali non posso voltare le spalle, per me non era un semplice lavoro, per me era questione di vita. Solita colazione, solito latte e cereali, routine di famiglia, imbustare le merendine in pacchetti di-

versi alle mie due figlie e il sacchetto per mio figlio, con in bella vista le scarpe da calcio ben pulite; vero, servire la patria è un'onore, ma avere una famiglia è qualcosa di indescrivibile. Bacio in fronte a mia moglie, chiavi di casa e della macchina e via verso il lavoro. Mia moglie Giulia è una maestra delle medie a Okolona, una ragazza devota alla formazione delle giovani menti, era laureata in storia e in letteratura. La conobbi al college, io ero il classico ragazzo diffidente, quello che parla poco o che proprio non parla; mentre lei era sempre con le solite tre amiche, due poli opposti che però non potevano fare a meno l'uno dell'altro. Fin da ragazzino ero il ragazzo che preferiva l'isolamento mentale, al frastuono delle discoteche; ero quella mente che per tanti era brillante, ma per i più cari una delle più erranti. Capii col tempo quanto coraggio ci voleva per combattere l'odio, quanta testa ci voleva per privare della vita il nemico; padri, figli, zii, alla fine quei proiettili che venivano sparati, erano come una gomma che cancellava storie e spegnevano sogni. Mi recai dalla psicologa della caserma, riflessioni come queste dovevano essere eliminate, lasciando solo la mente all'immoralità. Alessandra era una brava psicoterapeuta, seguiva tutta la caserma e ci preparava alle missioni, sia al rientro che prima della partenza. "Jeff, spiegami cosa ti turba".
"Per ora non ci sono grandissime paranoie, ho solo paura di dover ripartire per qualche missione strana e non mi sento ancora pronto per ritornare".
"Ci sono diversi punti di vista sai? - Rispose Alessandra-".
Le domandai: " Quali?"
Mi rispose: "Intanto ci sono diversi doveri che sai, sono indissolubili quando indossi certe divise, l'essere pronto per servire la patria è un dovere certo, ma anche un orgoglio".

Non fu una bella seduta questa volta, i dubbi si facevano sempre più forti dentro di me, pensare che ero partito come scrittore, per poi piano piano appassionarmi all'esercito fino ad arruolarmi.

Andai nel mio ufficio e mi preparai per affrontare una riunione con tutti gli organi della caserma.

Il comandante del reggimento ci disse che c'erano delle tensioni nel Pacifico, Taiwan da anni era continuamente sorvolata dai jet cinesi, mentre la Corea del Nord aveva intensificato i lanci di missili nei mari della Corea del Sud. Egli ci raccomandò la massima prontezza in caso di un conflitto e che a partire dalla settimana prossima, ci sarebbero stati aumenti degli addestramenti, tutto questo era stato raccomandato dal Pentagono. Avevo un mal di testa terribile, al mio rientro a casa, Giulia stava già preparando la cena, presi il pallone e andai a chiedere a mio figlio di fare due tiri fuori in giardino, sembrava quasi che non aspettasse altro. "Dai Liam prova prendere la traversa prima di me - chiesi sbeffeggiando mio figlio-". I pali della porta erano i due alberi vicini ai quali avevo fissato un asse robusta di legno con due chiodi. Restammo a calciare un bel po', ma quello scarpone di Liam non mirava nemmeno la porta, allora dopo un po' la colpii io, dando inizio agli sfottò famigliari proseguiti successivamente a tavola. Accesi la televisione da routine mettendo il notiziario; come notizia principale c'erano proprio le tensioni tra Cina e Taiwan, con il titolo: "Il capo di stato della Cina avvisa la Nato: chi oserà ostacolare il volere della Cina, sarà automaticamente riconosciuto nemico". Nel frattempo la situazione in Ucraina era sempre critica, la Russia dopo aver tentato la conquista di Kiev nel 2022, si era ritirata nei suoi confini, ma l'assenza di canali diplomatici con Mosca disegnava uno scenario davvero bollente, a pensare che nel 2022 stavo ancora facendo i miei primi libri e iniziavo il mio percorso come soldato, mi vengono i brividi.

Guardai un film con mia moglie, ma gli occhi sempre più
pesanti continuavano a cedere. La stanchezza, come la notte
fa al vespero con il giorno, oscura quel piccolo barlume di
resistenza.

"Jeff, andiamo a letto dai, dopo ti fa male la schiena", alle
2:00 ci pensò Giulia a salvaguardarmi dalla mia lombalgia.

Quando mi recai nel letto, non riuscivo a prendere sonno,
nella testa avevo milioni di sensazioni e pensieri, mi tenevano in ostaggio da troppo termo ormai. Il fissare il vuoto,
può distruggere un uomo, possiamo essere soldati addestrati
per essere freddi, ma alla fine la giostra dell'esistenza l'avrà
vinta ugualmente.

Alla fine la vita è un insieme di momenti, di episodi; la grandezza delle emozioni la decidiamo noi, siamo noi ad avere il
controllo sulle nostre sensazioni, a gestirne la rilevanza, non
disprezziamoci per gli errori commessi in passato… alla fine
lo dobbiamo anche agli sbagli se ora siamo quello che siamo. La vita alla fine è come un viaggio. Non dobbiamo basare la bellezza del viaggio sulla distanza che abbiamo percorso dal punto di partenza, ma sull'intensità dei momenti
che abbiamo vissuto all'interno di quell'esperienza, la vita
è tutta questione di cuore e di filosofia.

Mi voltai nel letto verso Giulia, lei stava rannicchiata sempre con la testa rivolta verso la finestra, io mi misi appiccicato a lei e capii quanto davvero ero fortunato ad avere una
mia famiglia, ma semplicemente anche solo un tavolo su
cui mangiare, cose che diamo per scontate ma non lo sono;
anche io che sto battendo questo libro, sono fortunato ad
avere la libertà di giostrare le sensazioni della vita di Jeff

trasmettendovi i miei ideali di vita. Mi addormentai con il braccio intorno sotto alla sua testa, quella notte sapeva molto di riflessioni e di risposte alle mie paranoie, una presa di coscienza dura sulla mia vita.

Alle 6:30 la sveglia suonò come da routine, Giulia si alzò, io pure e ci recammo in cucina con tutti i ragazzi in seguito: "Dormito bene?" Chiesi a Giulia. "Insomma mi rispose, mi hai fatto venire il torcicollo ieri sera con il tuo braccio, però ti perdono dai". Rispose sorridendo, abbracciandomi. "C'è qualcosa che non va? Ti vedo turbato da qualcosa" mi domandò Giulia preoccupata.

"No no nulla, ci sono un po' di tensioni a lavoro per le vicende tra la Cina e Taiwan, ma per ora reggo". Sorseggiai il mio caffè e partii per andare in caserma.

C'era un bel casino, mezzi in movimento, soldati che si addestravano destra e sinistra, aerei con equipaggiamento che partivano verso le basi Nato in Europa, sembrava l'inizio della fine; tutto questo allarmismo per delle minacce? Una domanda che mi sorgeva spontanea alla quale non riuscivo a darmi risposta. I miei superiori mi convocarono insieme ad altri per ricevere degli ordini direttivi specifici. L'inizio del discorso era molto controverso e difficile da spiegare: "Questa non è un'esercitazione ordinaria, ma fate come se lo fosse. Caricate missili di lungo raggio e testate nucleari da spedire alle basi Nato in Europa. Jeff tu andrai a Ghedi con la tua squadra per seguire gli addestramenti, la tua partenza è fissata per dopo domani alle 5:00". Preoccupato domandai:"Ma c'è il rischio di una escalation?" Mi rispose: "Non sono cose ufficiali, ma hai già conosciuto la guerra e la miseria, trai le tue conclusioni".

La testa dopo questo compito non c'era più, milioni di domande e pressioni psicologiche mi tormentavano, quanti compleanni dovevo perdere in famiglia? Quanti voti dei miei figli dovevo perdermi, udienze scolastiche, partite di Liam, piroette di Sophia, avevo paura di perdere la mia famiglia.

Al mio rientro a casa non c'era ancora nessuno, fuori era già buio, accesi la televisione e misi sopra i soliti programmi sulla politica, come al solito Democratici e Repubblicani se le cantavano, la nuova presidente degli Stati Uniti non prendeva una posizione sulle tensioni nel Pacifico, mentre sul confine tra Russia e Cina, si erano notati movimenti strani di armamenti pesanti russi in entrata nel territorio cinese. La preoccupazione dei miei superiori, a parere mio, derivava proprio da questa mossa russa. A Taiwan era stata promessa protezione da parte degli Stati Uniti in passato e un attacco all'isola, avrebbe scatenato una vera e propria guerra.

D'altronde Taiwan è un'isola posta in una posizione strategica per accedere all'Oceano Pacifico, in questa porzione di mare transita il sessanta per cento dei volumi commerciali del pianeta, quest'isola conta ventiquattro milioni di abitanti ed è il principale esportatore di microchip del pianeta, ossia l'oro del futuro. Taiwan è un tappo che blocca l'espansione dei dragoni. L'isola era cinese fino a fine anni 800, dopo la seconda guerra mondiale tornò sotto il controllo cinese, ma nel 1949 un gruppo di cinesi ripresero il controllo dell'isola e dichiararono l'indipendenza. Per la Cina, Taiwan rappresenta una sfida ideologica e politica. Sono decenni che proteggiamo Taiwan vendendogli armi e addestrando l'esercito. Ilary Simpson era una Repubblicana che aveva vinto le elezioni con grande margine grazie al suo spirito nazionalista: "Gli Stati Uniti possono".

Le sue idee fortemente centrate con lo sviluppo dell'economia interna, con l'aumento degli armamenti e il rafforzamento diplomatico con l'Europa, l'avevano posta sempre con margine davanti nei sondaggi contro l'uscente presidente Biden. La Nato era appena stata stressata con la vicenda Russia-Ucraina e non erano ancora pronti a reggere la pressione questa volta nel Pacifico, un momento sicuramente d'oro secondo Pechino per tentare l'invasione di Taipei. Al rientro di Giulia mi sentivo in colpa per dover ripartire ancora, ero demoralizzato solo all'idea di doverla ancora una volta salutare e ferirla moralmente con la mia assenza.

Le presi la mano e dissi: "Amore ascolta, il mio superiore mi ha ordinato di partire verso l'Italia dopo domani, mi dispiace dover ripartire".

I suoi occhi erano lucidi e con un filo di voce graffiato dal magone creato dalla notizia rispose: "Jeff... sei appena tornato ti prego".

Dovevo restare lucido, era straziante anche per me: "Amore, io devo andare, lo sai".

Giulia scoppiò in lacrime e disse: "Io sono stanca di questa situazione, non so più cosa dire o fare, io ci soffro, io mi blocco, io fisso il vuoto e in quel vuoto,! Cazzo mi ci perdo per causa tua, tua e della tua stupida assenza, io lo so che devi eseguire degli ordini, ma la tua famiglia Jeff? La tua cazzo di famiglia Jeff? Questa sera esci, torna domattina a prendere i tuoi vestiti Jeff e parti".

Ero pietrificato, una reazione così forte non me l'aspettavo minimamente, aveva ragione su alcuni punti di vista, compleanni persi, traguardi dei miei figli persi, ma io ero in Afghanistan, non era una cosa voluta, Kabul non era casa mia, Kabul però ero consapevole, che mi stava portando via la mia dimora.

Risposi con secondi di ritardo a quella sua sfuriata: "Io lo sai che ti amo".

Giulia non aveva più quella luce negli occhi che mi rendeva

sicuro di me: "Anche io, ma non riesco più a sopportare la tua assenza. Preferisco soffrire una volta per tutte, che cento di queste volte".

In Afghanistan una granata aveva fatto saltare un convoglio a pochi metri da me, non ho più sentito nulla per giorni, la cosa che mi feriva di più non era la perdita dell'udito in sé, ma era l'impossibilità di non poter risentire più le voci di chi amavo, ero sopravvissuto all'esplosione per questione di metri e secondi; non ho dormito per settimane proprio perché il mio pensiero andava alla mia famiglia, l'irrazionalità delle persone porta a estreme conseguenze. Quella volta in Afghanistan avevo ripreso dopo giorni l'udito, quell'episodio mi lasciò un segno permanente, una vocina, un suono leggero di violino eterno, come per ricordarmi quanto poco mi era mancato quella volta lì a non poter più ritornare a casa. Ogni ricordo lascia un segno indelebile, quando pensiamo di esserci scordati un momento, pensiamo di averlo dimenticato, ma in realtà, proprio come si fa con le cancellature su un foglio bianco, se poni la carta in controluce potrai rivedere le tracce eliminate. Nulla scompare, ma tutto tace.

Gli spettri di quella missione mi perseguitarono per anni, avevo gli incubi ogni notte; mi svegliavo con le allucinazioni, non prendevo sonno in alcun modo, nessun psicofarmaco era in grado di battere le mie ansie. Capii lì che la guerra non si era presa la mia vita fisica, ma piano piano si stava prendendo la mia esistenza mentale.

Passo dopo passo, ella buia notte, riflettevo davanti l'uscio di casa; domande, tante fitte difficilissime domande alle quali non riuscivo né a dare una vera e propria risposta, né un senso o una chiave al quesito in questione; parola d'ordine? Confusione.

Dormii sul divano senza dare tante spiegazioni ai miei figli,

volevo solo tranquillizzarmi, prima di dare risposte, bisogna comprendere le domande a fondo. Non chiusi occhio,
non potevo andarmene così, senza il canonico bacio prima
di ogni mia partenza, senza rassicurazioni, abbracci, baci.
Andai in cucina e iniziai a prepararmi una bella camomilla,
ne avevo bisogno. Fissai la tazza per qualche minuto e sentii dei passi provenire dal salotto:
"Hey papà che ci fai ancora sveglio e sul divano?" Domandò Sophia.
"N-non ho… sonno So" Risposi con la voce spezzata
dall'insicurezza.
"Il 14 vieni a vedermi al saggio?" Mi domandò Sophia.
Il 14 ero già bello che in Italia, ero distrutto moralmente e fi-
sicamente, non mi andava di ferire anche Sophia.
Risposi: "Vai a letto che è tardi, domani hai il college",
Sophia disse: "No. Prima mi rispondi, io non sono stupida,
non puoi dare sempre la precedenza al tuo lavoro, non andare
Papà ti prego, non andare ancora via, non mi hai visto crescere, sei mancata in tutti gli appuntamenti più importanti
della mia vita, non puoi ancora una volta lasciarmi indietro".
Chinai la testa: "Sophia vattene a letto".
Liam e Giulia nel frattempo erano scesi attirati dal frastuono, Giulia l'abbracciò e con le lacrime agli occhi mi chiese
di uscire di casa. Erano le 4:00 di mattina, presi le mie robe,
le mie valigie, una foto della mia famiglia, l'orologio che
mi regalarono i miei nonni e partii verso la base.
C'erano poche certezze ma tante domande quella mattina,
insicurezze che come gocce di pioggia battevano sul para-
brezza della mia mente, il suono della pioggia copriva la
speranza e il buio, anche se era alba copriva il mio capo.
Avevo il giorno libero quel giorno, ma siccome dovevo partire da New York e non dovevo fare nulla nella mia città,

partii verso la grande mela.

Feci il giro da casa mia, volevo vedere per l'ultima volta la tranquillità di casa mia, già! La sentivo ancora mia. Scesi dalla macchina, misi la mano sulla porta per toccarla e me ne andai, mandando un bacio alla telecamera posta sull'ingresso.

Alla radio sulla macchina davano *Highest in the room* di Travis Scott, almeno smarrivo un po' la testa nella musica. Quanto stava cambiando il mondo; le persone non hanno senso delle misure, vogliono tre? Dopo averlo ottenuto vogliono cinque sei, sette, sono disposte a tutto pur di ottenere quel risultato, è una cosa positiva certo, la determinazione porta un individuo al successo, ma il più grande difetto delle generazioni d'oggi, è l'incapacità di rielaborare un fallimento. Il fallimento fa parte della vita, nessuno non ha mai fallito, chi non ha mai perso? Chi non è mai caduto una volta?

Alzai il volume della radio per ascoltare le notizie, la Russia aveva ricominciato a spedire le armi verso la Cina, ma un convoglio era rimasto fermo a metà strada, ero molto sospettoso, i russi non lasciano nulla al caso. Arrivato a New York, lasciai la macchina in aeroporto e tramite i mezzi, mi recai davanti al memoriale delle torri gemelle. Un momento buio non solo per la storia americana, ma per quella di tutta l'umanità. Padri che persero la vita senza nemmeno sapere il motivo, corpi che si gettavano nel vuoto con la speranza di morire più velocemente. L'uomo è l'unico animale che si è creato trappole... concordo con Einstein.

Quel martedì di fine estate persero la vita 2.996 persone.

Le fiamme provocate dai motori dei due aerei provocarono temperature superiori ai mille gradi all'interno dell'edificio; a causa dell'impatto dei due aerei le scale furono distrutte, intrappolando le persone in un vero e proprio inferno. Le torri gemelle erano il centro della rinascita economica di Manhattan, all'interno delle torri c'erano almeno 20.000 persone che ci passavano dentro ogni giorno.

I dirottatori presero lezioni di volo proprio in America, impararono tutte le manovre di volo tranne una, l'atterraggio.

Quella mattina 19 terroristi si imbarcarono su quattro voli.

Alle 8:13 le comunicazioni con un aereo si interruppero e un hostess, tramite a una telefonata, avvertì che l'aereo era stato dirottato.

Poco dopo, l'aereo entrò in una delle torri gemelle alla velocità di 700 km/h.

Sono state 200 le persone a morire lanciandosi nel vuoto per scappare dalle fiamme.

L'odio, la mancanza di luce, ragione, ci porta diventare il fanalino di coda nella scala d'intelligenza delle forme di vita sulla Terra. Sul muro del memoriale delle torri gemelle, c'è scritto: "nessuno giorno vi cancellerà dalla memoria del tempo". Ora in questo luogo sorge un nuovo grattacielo, altre vite ci lavorano dentro e portano avanti la quotidianità di New York; ma nel punto esatto in cui c'erano le torri gemelle ora ci sono due enormi vasche, che ospitano le cascate artificiali più grandi degli Stati Uniti. Il rumore dell'acqua cancella il frastuono cittadino, obbligandoti a pensare.

Non era la mia prima volta dinanzi a questo monumento, ma conosco sulla mia pelle queste dinamiche, venire qui, nella sicurissima New York e vedere tutto ciò, mi fa capire quanto il mondo sia in realtà distorto. Ogni giorno in media un essere vivente incrocia 80.000 persone, secondo il numero di Dumbar, le identità che conosciamo realmente in tutta la nostra esistenza sono appena 100-150. Quante storie al giorno incrociamo senza conoscerle, questo concetto affascina, ma lascia un retrogusto di angoscia.

Il freddo cominciava a rendersi insopportabile, andai a prendermi una buonissima cioccolata in una caffetteria. Passando tra i tavoli sentivo qua e là gli argomenti di chiacchiera delle persone, c'era un filo di paura di escalation, ma l'esperienza russo-ucraina del 2022, ha lasciato come un senso di mancanza di coraggio di arrivare fino allo scontro sul campo, come se il mondo fosse destinato ad una perenne guerra fredda, anche io concordo con questa teoria, le guerre ormai si fanno con le borse.

Il chiacchiericcio assordante delle persone pareva nullo a confronto con le voci asfissianti dentro di me. All'uscita della caffetteria vidi sdraiato sul marciapiede un senzatetto, il freddo era insopportabile quel pomeriggio; due vie traverse più in là c'era un negozio e senza pensarci due volte, ci andai. La commessa era in uno dei tanti scaffali indaffarata nella sistemazione dei prodotti e con passo timido, la raggiunsi:

"Scusi!"

La commessa si spaventò e rispose:

"Non l'avevo vista, mi dica pure"

Sorridente e scusandomi continuai:

"Sa dove posso trovare due piumoni?"

"Certo, mi segua".

Presi due piumoni e li portai dal senzatetto, il signore mi guardò sbalordito e incredulo, l'indifferenza delle persone stava demolendo l'uomo molto più del gelo di New York. Avevo di recente guardato una serie TV coreana, violenta per carità, ma alla fine lasciava un messaggio davvero incredibile a mio parere: nell'indifferenza delle persone ci sarà sempre quell'eccezione che salverà vite con il suo aiuto. Una frase che mi ricordo di questa serie è:

"non ci si fida delle persone perché lo meritano.

Lo si fa perché non hai altri su cui contare".

La fiducia è qualcosa di estremamente sacro per noi esseri umani. Crediamo di fidarci delle persone quando invece siamo illusi da noi stessi, siamo bravissimi nelle finzioni, talmente bravi, che ad un certo punto, illudiamo persino noi stessi. La mancanza di fiducia priva noi stessi dalle nostre potenzialità. Un fuoco arde solo se c'è ossigeno, senza di esso il fuoco si spegne, così fa anche la nostra motivazione, senza la fiducia, come può un essere vivente ambire al successo? Come può una coppia basarsi sull'amore senza la fiducia? La gelosia non è altro che l'insicurezza non tanto nel nostro o nostra partner, ma di noi stessi. La scarsa fiducia nei nostri mezzi è il primo grande insulto che ci infliggiamo da soli. Uno dei più grandi giocatori del mondo, Zlatan Ibrahimovic, ha fatto dell'autostima uno dei suoi più grandi talenti, oltre ovviamente alle capacità calcistiche. Lo sport insegna molto sotto questo punto di vista, senza una buona mentalità non si diventa campioni, al massimo se si ha un dono, si può ambire a diventare mediocri professionisti. Facile pensarlo voi direte, ma nella vita nulla è regalato, tutto va conquistato, compreso l'amore per noi stessi. Gli occhi di quel senzatetto avevano una scintilla. Penso che noi fortunati non sappiamo davvero nulla sui valori della vita, penso che siamo superficiali a dare per scontato le cose che noi riteniamo basilari: una casa, un divano, una TV… ci bastano pochi chilometri per renderci conto quanto davvero siamo fortunati ad essere in questa posizione privilegiata.

Secondo diverse ricerche, l'85% della popolazione mondiale vive con 30 dollari al giorno e una persona su dieci con meno di due dollari. La stima di poveri nel mondo è pari a 430 milioni di persone; circa 24.000 persone al giorno muoiono di fame o per cause ad esso correlate. 150 milioni di persone, ad oggi, sono senza casa.

Il senzatetto mi ringrazio, gli chiesi se aveva fame o voleva qualche dollaro per sfamarsi e senza nemmeno aspettare una sua risposta, gli lasciai dieci dollari.

Certi gesti non vanno solo pensati, ma fatti. I piccoli gesti non sono solo quelli riferiti all'affetto o all'apprezzamento, ma anche al bisogno e alla necessità delle persone.

Per me, quella sera, era scontato mangiare un piatto caldo e poi mettermi sul divano sdraiato al caldo, ma per lui, addirittura, non era certo nemmeno il risveglio alla mattina seguente.

Feci un giro per il centro della città, la spensieratezza della gente era circondata dalla prosperosità che solo una metropoli così all'avanguardia poteva offrire.

Milioni di volti e sguardi quella sera incrociai, storie racchiuse in sguardi riassunti in iridi. La stanchezza si calò come la neve fa d'inverno, ritornai all'albergo e mi misi a dormire le mie ore senza nemmeno cenare.

Alle 4:00 mi recai all'aeroporto, di soliti il giorno della mia partenza Giulia mi accompagnava fino all'ingresso dell'aeroporto, ma questa volta al mio fianco non c'era nessuno. Due valige, uno zaino e nel portafoglio la foto di famiglia, questo era il mio sostegno morale. Salii sull'aereo militare e alle 6:30 partimmo verso l'Italia. Quando partii per l'Afghanistan i miei figli volevano smettere di andare a scuola, per quanto Giulia è una brava madre, la figura paterna nella famiglia gioca un ruolo molto importante. Giocavo ogni sera con i miei figli. La mia adolescenza era costellata da episodi fortemente negativi, mio padre morì a causa di un tumore al cervello e non riuscii mai a conoscerlo davvero. Volevo dare ai miei figli quello che nella mia vita era sempre mancato, quell'alchimia perfetta tra genitori e figli. Patii molto la sua assenza, a scuola ero sempre l'emarginato, quello diverso. Il mio passatempo da piccolo era passeggiare tra le campagne, il silenzio della natura era magia pura, scrissi le mie prime poesie in quel contesto. In un compito in classe di lingua, sempre a otto anni, bisognava comporre una poesia sul grano, la mia recitava:

FILI D'ORO

"Oh, chicco di grano dorato,
che al tempo del raccolto bocche tu sfamerai.
In farina per convenienza ti trasformerai,
tante pance nel silenzio lasciato dalla fame,
tu la differenza farai.
Oh, chicco di grano dorato,
l'essenziale per molti sei,
il pane sarà come un tuo frutto,
nella tua semplicità,
autentica gioia per molti sarai"

Poesia scritta il 25 febbraio 2008

La maestra fu stupita, per me scrivere fin da piccolo era come fare una magia. Trasmettere emozioni tramite un foglio di carta con dei simboli fatti con l'inchiostro non è mica magico?

A nove anni ero uno dei primi della classe in tutto, la geografia la conoscevo come le mie tasche, le ore di lingua ovviamente erano le mie preferite e in educazione fisica ero uno dei più atletici. Mia madre era orgogliosa di me, non ho fratelli e per lei la mia vita era la sua ragione di esistere. Le incertezze sono i risultati delle nostre debolezze; nella mia vita non ho mai avuto particolari punti di riferimento, appena capitava un periodo di particolare equilibrio, lo stesso, subito dopo, si tramutava in caos. All'interno di una semplice pagina bianca, io trovo il mio rifugio, la quiete e la ragione le sento più vicine alla mia anima. A vent'anni spinto dall'orgoglio e dalla voglia di stupire il mondo, pubblicai il mio primo libro. La poesia nella nostra epoca è un po' un tabù, in quanto la fragilità e la debolezza sono mal visti dall'opinione pubblica. Ottenere risultati eccelsi in questo campo fin da piccolo era il mio obiettivo, raccontare tramite una biro le mie emozioni. L'ambizione è la chiave del successo, senza motivazione in questa vita complicata non si riesce a ottenere risultati. Fuori dall'oblò le luci di New York sembravano stelle, l'oceano si confondeva con il cielo e poco a poco, grazie alle nubi, il paesaggio tetro e cupo fu cancellato. Eravamo in cinquanta su quell'aereo, tanti volti tristi e pensierosi, sapevamo l'ora e la data della partenza, ma non quella del ritorno. Ogni vita su quell'aereo aveva un ruolo in tantissime altre vite, c'erano padri come me, figli, ragazzi con vite ancora da scrivere, madri, fidanzati, c'erano tante storie ben indirizzate nella vita, ma ora con un grosso punto di domanda. Arrivai nella base militare di Ghedi, il freddo era pungente, c'era tanta nebbia e la mancanza della mia famiglia si faceva sentire tantissimo. Mangiai poco o nulla dalla tristezza che mi assediava come un abile nemico fa nella stretta finale di una battaglia. Non conoscevo quasi nessuno lì, solo David mi era già noto, un bravo soldato che già in Afghanistan avevo visto all'opera. Andai a letto assediato dai pensieri e dai ricordi con Giulia, la foto e la fede nuziale erano l'unica cosa di lei che mi rimaneva. Giulia mi amava ancora, lo sentivo. Per conoscere un po' il territorio, la mattina seguente andai a Brescia. L'Italia è un paese meraviglioso pieno di storia e cultura, il suo presidente del consiglio ora è Roberto Bianchi, uno che si crede chissà chi, celebre la sua frase in campagna elettorale: "noi siamo un treno bloccato dagli americani". Una frase che ha indispettito molto la politica interna degli Stati Uniti, temendo per la Nato e per tutti i patti stipulati. Un buon politico sa che la campagna elettorale va fatta sui bisogni della gente, Bianchi fu abile a dire alla gente ciò che voleva sentirsi dire.

La Russia continuava a muoversi in maniera insolita sui confini Ucraini, stava per succedere qualcosa, anni fa prima proprio del invasione russa nel Donbass, ci furono giorni di preparazione, l'allerta era massima e anche l'attenzione mediatica. La paura non conosce nazionalità o confini, uno scontro militare nella nostra epoca poteva portare solo la distruzione dell'intero pianeta. L'istinto più primitivo che abbiamo è quello proprio della paura, ogni essere vivente sulla terra la prova e spesso la subisce lasciandosi condizionare da essa. Azioni, pensieri, istinti, vengono dettati spesso da questa sensazione di inferiorità e incontrollabilità degli eventi. Siamo ormai più di otto miliardi sul pianeta, otto miliardi di vite tutte intrecciate tra di loro, otto miliardi di pensieri tutti diversi tra loro, con l'obiettivo di spiccare e brillare più di altri.

Alla fine la paura fa parte della natura, la sconfitta morale è strettamente legata ad essa. Il fallimento ci può privare di luce, soldi e fortuna; un fallimento ci mette nella condizione scomoda di ristudiare i nostri piani, il buio, il non conosciuto ci mette paura, abbiamo paura di tutto ciò che non possiamo controllare. La guerra alla fine mette paura a tutti, ma non ai potenti, loro non scendono mai sul campo di battaglia con un fucile, loro per i propri ideali, mandano noi poveri padri di famiglia a morire sul campo, la guerra è sporcizia, la guerra è la sconfitta di ogni forma politica: democrazia, dittatura o oligarchia che sia, la guerra è merda per chi vince e per chi perde, alla fine moriamo tutti, magari non fisicamente, ma moralmente moriamo tutti.

Brescia mi sembrava una bellissima città, andai nella piazza della Loggia a vedere il memoriale delle vittime del terrorismo e della violenza. Mi sembrava surreale che un paese così bello come l'Italia, dove la pace e l'armonia regnano indisturbati, in passato fu teatro di atti così pieni di odio e violenza. Il memoriale posto ad uno dei lati della piazza, vuole ricordare le vittime dell'attentato accaduto il 28 maggio 1974. Durante una manifestazione antifascista e sindacale, l'esplosione di una bomba causò la morte di otto innocenti. Sono sempre stato un appassionato di storia fin da piccolo, credo che per ottenere un miglioramento collettivo, bisogna prima di tutto analizzare gli sbagli del passato. Non dimenticare gli errori o i momenti no, è una chiave fondamentale per puntare sempre più in alto.

Pranzai in un ristorante nei pressi della piazza, il cibo italiano è tra i migliori del mondo, non lo batte nessuno di questo ne sono sicuro. Feci ritorno alla base; il generale appena mi vide chiese:

"Jeff! Domani devi andare a Ferrara per controllare il corretto svolgimento della manifestazione a favore della pace. Temiamo l'incursione di soggetti violenti tra i civili. Poni attenzione".

Non mandavano mai militari stranieri in queste occasioni, ma l'allerta era massima e c'erano pochissimi soldati in attività in Italia. C'era una fortissima tensione nelle città ultimamente, tirava aria di scontro e la diplomazia dei governi cominciava a farsi sempre più assente.

Nel pomeriggio iniziava l'addestramento; mentre correvo

ero solito pensare a Giulia e ai ragazzi. Mi mancavano molto. Giulia era tutto per me, ogni volta che la vita mi metteva alle corde, lei era la mia forza.

Sentivo ancora che lei mi amava, quell'ultima litigata è stato un brutto episodio, ormai faceva parte del passato. Di solito le mie gite nelle basi Nato all'estero duravamo due, tre mesi, poi mi facevano ritornare negli Stati Uniti; in cuor mio, ogni giorno in meno di permanenza, era leggerezza aggiunta e speranza in più. Dopo chilometri di corsa e tante flessioni, con alcune simulazioni di guerra, l'addestramento di oggi finì. Andai in camera e preparai la valigia per la trasferta di Ferrara, era la mia prima volta in un contesto del genere, non sapevo a cosa stessi andando in contro. Mangiai pochissimo quella sera, ero stanchissimo e privo di energie.

Mi misi a letto e fissando il soffitto bianco, smarrivo la testa tra mille pensieri. Mi addormentai con il ricordo degli occhi di Giulia e i sorrisi dei miei ragazzi. La mattina seguente, alle 5:30, un pulmino della base Nato, con quindici militari oltre a me, ci trasportò a Ferrara. C'era polizia ovunque, in ogni angolo della piazza c'erano anche tantissimi militari. Passammo davanti al castello estense; qui, il 15 novembre 1943 davanti al muretto del castello, i fascisti uccisero 11 persone come rappresaglia per l'assassinio del federale Igino Ghisellini. I cadaveri furono lasciati tutta la mattinata davanti al muretto come monito per i ferraresi. I governi purtroppo in quest'epoca sembrano dimenticare la sofferenza del passato, ma i civili non dimenticano. L'Italia nel dopoguerra non aveva un edificio buono, era completamente rasa al suolo, solo le mani della gente umile, ha potuto risollevare la nazione, il sudore dei nostri bis nonni non doveva essere stato vano. La marcia dei manifestanti presto si affacciò alle forza dell'ordine. Usare la forza contro innocenti non era nei miei ideali. Cercammo di disperdere la folla con lacrimogeni e qualche finta di carica, ma nulla, la paura era ormai dentro la testa di tutti. Iniziarono a colpirci con sassi, aste di legno, sedie dei bar, avevo più paura ora che quando ero in Afghanistan. Dopo ore di guerriglia urbana, riuscimmo a farci spazio tra i manifestanti e a far calmare la situazione, avevamo gli scudi demoliti, i caschi tutti segnati. In Italia quel pomeriggio ci fu lo stesso scenario in altre dieci città.

Il silenzio stava uccidendo molto più delle parole.

Rientrammo in serata in caserma, ero distrutto volevo solo tornarmene a letto e dimenticare ciò che avevo visto in quel grigio pomeriggio di scontri.

La situazione internazionale peggiorò in maniera drastica proprio il giorno seguente, la Russia insieme alla Cina dichiararono che non riconoscevamo Taiwan e l'Ucraina nazioni, ma regioni annesse al loro territorio. Nel primo pomeriggio, mentre la neve tentennava a calarsi, arrivò l'ordine di trasferirci nella base Nato di Catania. Nella notte 132 missili colpirono Kiev, una città già ferita dalla guerra di qualche anno prima, dal continuo minacciare, all'azione feroce e distruttiva. Ogni missile cancellava storie, vite, sguardi e speranze. Quel giorno ci furono tantissime vittime. Il presidente Russo intimidiva le altre nazioni, un film già visto, ma intervenire voleva dire sprigionare una terza guerra mondiale. In quel pomeriggio, uno dei tantissimi jet militari cinesi che sorvolavano Taiwan, colpì Taipei; Russia e Cina avevano preparato i loro due attacchi lo stesso giorno per creare scompiglio nella reazione dell'Occidente e dell'America. C'era incredibile incredulità negli occhi delle persone, la domanda più frequente e lecita da farsi era: e adesso? Le borse caddero tutte in picchiata, l'Italia condannò i due attacchi pochissimi minuti dopo, lo stesso fecero tutte le altre nazioni Europee e gli alleati degli Stati Uniti. Nella guerra non ci sono buoni o cattivi, ma solo vittime e sacrificati. Ci mandarono al fronte la mattina seguente, preparammo il necessario per difenderci. Faceva freddissimo in Polonia, c'era molta neve, avevo i piedi ghiacciati. L'America a Taiwan, cominciò a difendersi. Cina e Russia iniziarono la loro guerra contro la Nato. Ci fu una pioggia di missili su Cracovia e Leopoli, ci diedero l'ordine di oltrepassare il confine Ucraino e iniziare la guerra. Mi spedirono a difendere Kiev, i russi avevano formato una linea difensiva a ridosso di Chernobyl, non volevamo stanarli, ma attenderli. I miei superiori mi facevano di continuo pressione, ma io in queste situazioni li detestavo; cosa ci manca su questo pianeta? Perché buttarsi in mezzo alla neve con i fucili?

Io e i miei compagni ci mettemmo in formazione, mi misi in ginocchio con il cecchino posato sulla balaustra di un grattacielo e attendemmo l'offensiva russa. In lontananza si udiva interrottamente il suono delle sirene; il caos stava distruggendo tutto e tutti, un'intera storia e evoluzione, era stata bloccata. La diplomazia è fine a se stessa, se gli stessi non la rispettano. Un missile colpì un palazzo a trecento metri da me, avevo paura, il pensiero ricadde subito ai miei figli e a Claudia, chissà se erano tranquilli a casa, oppure anche loro in preda al panico. I russi iniziarono a entrare in città, sparai a due di loro e riuscimmo a respingere la loro offensiva. Scesi dal palazzo e andai a vedere i due soldati a terra. Erano due giovani russi, uno era morto, mentre l'altro respirava ancora. Lo trascinai fino a dentro la mia postazione e lo soccorsi, l'avevo colpito appena sopra al ginocchio.

Il dolore gli si leggeva negli occhi, in quel momento i dubbi sulle mie capacità psichiche e stabilità emotive aumentavano di secondo in secondo. Gli bendai la gamba e chiesi curioso: "Ma quanti anni hai?"

"24 signore". Rispose il soldato con un filo di voce.

"Che ordini hai?". Chiesi con la voce graffiata dalla stanchezza.

"Signore, ci hanno detto che l'occidente è il nemico. Siete un pericolo per i nostri figli". Rispose il russo.

"Ma noi non odiamo nessuno". Gli risposi.

"Certo. Le guerre si iniziano in due, se oggi siamo qui, è un fallimento per tutti, anche mio come padre".

"Ha figli quindi?" Domandai.

"Sì, due. Mi aspettano a San Pietroburgo".

"Soldato, non capisco come mai sei venuto qua".

"Lei ha figli?" Mi domandò il soldato ferito.

"Sì, mi mancano molto".

"Sa che lei sta contribuendo alla loro morte?" Mi domandò provocandomi.

Lo guardai negli occhi: "Ma tu credi che questa guerra porterà davvero a qualcosa?"

"Ad una domanda non si risponde mai con un'altra domanda. Sei insicuro".

Rimasi in silenzio, le bombe da lontano come urli sprigionavano la loro forza.

Mi sentivo morto anche se in realtà ero vivo.

Lasciai il soldato russo al riparo in una delle case evacuate di Kiev e ritornai al campo.

Mangiammo come se nulla fosse, sguardi spiritati alternati a sorrisoni da pub, questa era la nostra realtà ormai. Dopo esserci riposati giusto qualche ora, tornammo nelle zone contese di Kiev; per strada già c'erano diversi corpi, persone innocenti con la sfortuna di essere capitate nell'era sbagliata della nostra esistenza. La prepotenza trova il suo habitat naturale nell'odio.

Quella sera, quando sparavo, chiedevo scusa ai miei figli, mi sentivo un carnefice assassino. Difesi cosa? Difendere non vuol dire uccidere altre persone, che sono state costrette dai più potenti a scendere in campo.

Davanti a me, non avevo robot, avevo padri, zii, figli di qualcuno, qualcuno che probabilmente alla notizia della scomparsa del loro caro, avrebbero subito danni morali. Non ci dovevo pensare, non devo assolutamente ascoltare le vocine della mia testa.

Distratto dal mio continuo pensare, sbagliai a mirare un facile bersaglio. Fortunato lui, non mi capita spesso di sbagliare.

La guerra nel frattempo, si evolveva. L'Ucraina dell'est era stata praticamente già tutta riconquistata dai Russi, mentre Taiwan era sotto i bombardamenti da ormai tre giorni. L'India, in una videoconferenza, promise appoggio militare alla Cina in cambio del loro sostegno nell'infinita guerra contro il Pakistan. Il patto stipulato a New Delhi, spinse anche la Corea del Nord a collaborare. Si formò un'asse davvero forte, da una parte: Russia, Cina, Corea del Nord, India opposti a Stati Uniti, Nato e Giappone. Il mondo, dopo oggi, per causa della prepotenza umana, non sarebbe più stato lo stesso. Dopo qualche settimana, già si cominciavano a notare armamenti cinesi anche in Ucraina, droni, razzi a lungo raggio, caccia più potenti, insomma un putiferio. Eravamo in difficoltà e quartiere dopo quartiere, Kiev, cadde in mano ai Russi. Concentrammo tutti gli schieramenti a Leopoli, in quanto l'obiettivo era contenere l' esercito russo lontano dalla Polonia. Un giornalista del New York Times, rivelò che l'esercito della Russia, stava utilizzando armi biologiche e che non si sarebbe fermata solo a quello in caso di necessità. Negli ultimi giorni, molti miei compagni, erano morti d'infarto, altri non riuscivano più a bere o mangiare, eravamo davvero allo stremo, messi all'angolo. Questa guerra, era a senso unico, non attesa e minimamente immaginata mesi prima. In una riunione, ci venne riferito che la base Nato di Catania era stata colpita da un missile a lungo raggio, probabilmente partito proprio dai russi, la guerra era sempre più vicina ad un punto di non ritorno, anche se secondo me, lo avevamo già varcato. Anche la Sicilia, ora, era sotto attacco, l'Italia riconobbe l'incubo della guerra, laddove la spensieratezza e la voglia di sorridere non poteva mai mancare.

I civili ucraini per la seconda volta in pochi anni, avevano disertato la loro nazione, dopo l'assedio di qualche anno fa, timidamente avevano riprovato a rialzarsi senza però mai trovare la pace. Iniziarono in tarda notte i bombardamenti su Leopoli, i radar dell'antiaerea non riuscivano ad intercettare i sofisticatissimi caccia dell'esercito russocinese. Ci riparammo nei tunnel della metropolitana insieme ai civili, restammo due giorni nel più profondo buio, l'ansia e la paura negli occhi della gente si palesavano. Ogni boato faceva stringere sempre più forti le madri ai figli, mentre i padri restavano con noi vicino alla tromba delle scale per ogni tanto sbirciare fuori dal tunnel. Leopoli fu praticamente del tutto rasa al suolo. Dopo due giorni, quasi tre, di continui bombardamenti, riuscimmo almeno a far scappare i civili in Polonia e nel resto dell'Europa.

Nel frattempo, i governi, si riunirono a Bruxelles per studiare un piano di pace, riunione che non trovò buoni riscontri, anzi, ordinarono di convertire alcune industrie, che disponevano di macchinari adatti, alla produzione bellica. La storia serve per migliorare il futuro, ma qua si sta ricadendo in errori già visti e scritti, non ci meritiamo d'esistere. Lasciammo Leopoli senza mai veramente opporci ai russi, ci sentivamo sconfitti, ma andare via era necessario, l'Ucraina era praticamente rasa al suolo, di Kiev avevamo solo aggiornamenti dal satellite, le immagini erano agghiaccianti, i palazzi del potere non c'erano praticamente più e interi quartieri erano montagne di macerie. Eravamo su una camionetta tutti in silenzio, fuori le colonne di fumo s'innalzavano al posto delle bandiere, la desolazione era ovunque. Non avevamo notizie dei nostri cari da quasi un mese, il mio cervello era demolito. Dormivamo a turni, poi dormire... chiudere appena appena gli occhi, ricordatevi che la guerra se non ti uccide fisicamente, lo fa mentalmente. Arrivammo a ridosso di Budapest, città in cui c'erano i generali della Nato riuniti, ci diedero nuove disposizioni, l'Ucraina ormai era in mano ai Russi, ora dovevamo difendere il possibile, ci mandarono a Cracovia; nella città polacca erano giunti anche considerevoli rinforzi e armamenti tattici di ultimissima generazioni con cose in più sperimentali, avevamo l'ordine di tenere su le maschere a gas, la cosa mi preoccupava molto, ma ormai la guerra era entrata dentro la nostra anima facendola a pezzi. La mattina seguente, con il primo aereo militare, arrivammo a Cracovia, l'esercito russo a rilento preparava l'assedio alla città polacca, ormai l'obiettivo di prendersi l'Ucraina era tramutato in distruggiamo l'Europa. Chissà cosa facevano credere alle persone, cosa gli raccontavano per farci odiare così tanto.

Un chilometro alla volta, ilo mondo era sempre più distrutto, mi sentivo a pezzi, demolito da me stesso e dalla mia psiche, facevano più male le voci dentro di me che le gambe dalla stanchezza.

Mi trovavo appena fuori Cracovia, in mezzo ai campi polacchi incolti a causa ovviamente del periodo. La neve caduta le giornate precedenti rallentava i nostri spostamenti. Dopo due giorni d'attesa l'offensiva russa iniziò, cercammo di contenerli fuori dalla città e grazie agli aiuti tecnologici fornitici per la guerra, infliggemmo una prima sconfitta all'esercito russo. Nei giorni successivi alla ritirata, la Russia promise sviluppi davvero preoccupanti in caso di ulteriori sconfitte.

Si parlava di nucleare come se fossero petardi, ero disgustato non dai russi, ma dal mondo interno, avevamo tutto! Tutto! Se non avevi voglia di cucinare, c'era il Mc, il Burger King, una pizzeria, un ristorante, il sushi, cosa serve ucciderci. Mi sentivo ancora più male, perché già avevo dubbi sulla mia stabilita all'interno di questo mestiere, dopo questi avvenimenti, ero convinto che non faceva più per me.

La notte, fredda e silenziosa come un velo, si calò sopra il campo di battaglia, i cadaveri erano posati beati al suolo, soli come margherite avvolti da erba matta.

Me ne stavo lì seduto sotto alla quercia con lo sguardo fisso verso il cielo, speravo dentro di me che Giulia dalla parte opposta del mondo stesse guardando la stessa parte di cielo, volevo crederci, volevo sentirla più vicina a me che mai. Chissà se gli mancherò, chissà se la rivedrò, perché mancarsi è universale e si soffre parecchio. Avevo una sua foto e quella foto era l'unico stimolo che avevo per lottare, resistevo al freddo anche quando avevo i vestiti bagnati e fuori c'erano diversi gradi sotto zero solo per ambire ancora al suo amore. Ero scrittore, difendente dell'uguaglianza e della democrazia, ora ero un assassino, mi sentivo nascosto sotto ad una maschera, una maschera che non mi apparteneva. Amo l'America, ma amo anche la vita. Il giorno dopo, alla mattina presto, ci spostammo verso l'Ucraina.

Riprendersi Leopoli era la prima tappa per respingere l'esercito russo verso il centro dell'Ucraina. Pochi chilometri dopo il confine, i russi ci fecero un'imboscata. Non ci uccisero, ma ci fecero prigionieri, eravamo in sei su quella camionetta. Il conducente fu colpito da un cecchino, mentre io e gli altri, fummo prima picchiati a mani nude solo per farci del male, poi ammanettati e bendati. Ci caricarono su un pulmino; il silenzio era incredibilmente assordante, avevo paura, molta paura, ma non dovevo farla annusare agli altri, altrimenti mi avrebbero sicuramente preso ancora più di mira. Il coraggio deve, e sempre dovrà, superare la paura nella vita. Dopo qualche ora di viaggio, il pulmino si fermò. Non sapevo di preciso dove eravamo, i fucili e tutti gli armamenti ovviamente ci furono tolti, come pure gli oggetti tecnologici per evitare di essere rintracciati. Ci misero in una specie di prigione, nella mia cella c'erano altre tre persone oltre ai miei compagni rapiti con me. Mi sembravano cittadini comuni, pieni di lividi e visibilmente torturati. Mi voltai verso i miei compagni e ordinai loro di non dire nulla a costo di perdere la vita: "Dovete mangiarli con gli occhi, resistere, distruggerli psicologicamente. Non ditegli una parola, dovete resistere". Uno dei soldati che faceva la guardia, entrò in cella con un bastone e ci disse nella nostra lingua: "Ora vi do il benvenuto". Ci prese a bastonate sulle gambe, volevano sfinirci, ci colpivano appositamente agli arti inferiori solo per procurarci dolore senza rischiare di ucciderci. Dopo diversi minuti di dolore indescrivibile, uscì dalla nostra cella, e con la coda degli occhi lo fissai allontanarsi. Ero troppo sicuro che non ci avrebbero ucciso facilmente, eravamo troppo importanti.

Dissi ai miei uomini: "Non ci uccideranno facilmente, vogliono avere sicuramente informazioni. Piangeremo dal dolore, rimpiangeremo di essere nati, ma non ditegli una parola". Persi completamente la percezione del tempo, non dormivo più, non ragionavo più, non mi guardavo allo specchio da diversi giorni, mi sentivo privato da ogni forza. Il mio compagno cercava di capire dalla luce che proveniva dal corridoio e dai turni delle guardie, almeno se era passato un giorno o meno: "Siamo rinchiusi da tre o quattro giorni circa", mi disse con un filo di voce. Dopo altre due probabili notti, una guardia entrò e prese tre dei miei soldati. Non fecero più ritorno. Non so se gli avessero uccisi o no, non so se avessero parlato, non sapevo come reagire. Il mio compagno piangeva di continuo, mi dava fastidio il suo pianto, io non potevo mostrarmi debole, dovevo dargli forza e allo stesso tempo intimidire le guardie, ma lo ammetto, lo avrei fatto pure io. Un soldato entrò nella nostra cella e a freddo gambizzò i due civili, voltandosi verso di me e il mio soldato, ci ordinò di finirli. All'inizio mi rifiutai, dissi: "No, assolutamente". Con fare minaccioso: "No, no. Non avete capito, se non li ucciderete, ucciderò sia voi che loro, a voi la scelta". Uno dei due civili prese il fucile del soldato russo e iniziarono a lottare, l'altra guardia lo freddò senza pensarci due volte e sparò anche all'altro civile. Arrabbiate, le due guardie, presero me, il mio collega e ci portarono in una stanza. Ci dissero: "Bene, adesso vi diamo una mappa e dovete indicarci le basi e i campi degli americani. Altrimenti le vostre due mogli piangeranno la vostra morte". Risposi: "Beh, non avranno molto da piangere, spara". Colpito dal coraggio, mi diede il fucile, un soldato russo mi puntò il fucile alla testa e un altro soldato al fianco destro. "Bene, ora uccidi il tuo collega o noi uccideremo te e poi faremo dire tutto al tuo collega. L'abbiamo sentito piangere l'altra sera, sarà facile come lavoro". Il mio soldato aveva paura, molta paura: "Non farlo, non farlo ti prego, ho dei figli, non farlo". Urlai e chiusi gli occhi e lo uccisi con un colpo alla testa. "Sei forte, aveva due figlie, una moglie. Guarda le foto che abbiamo trovato nella tasca della sua giacca", mi disse il soldato russo per colpirmi nel morale. "Non mi importa, voi non avrete nulla da noi", risposi. Mi riportarono in cella e misero il corpo del mio soldato sdraiato fuori dalla mia cella.

Ero impazzito, completamente perso dentro all'odio e all'animalesco ragionare errato dell'uomo. Dalla stanza notai che fuori c'era il sole e dall'altezza che esso aveva, avevo intuito l'orario. Iniziai a contare i giorni da quell'avvenimento. Tre giorni dopo e dodici ore, venni svegliato da alcuni spari; dei soldati Francesi mi liberarono dalla cella. Ero rinchiuso in una prigione in Bielorussia, mi dissero che era passato quasi un mese. Avevo totalmente smarrito il tempo e la concezione dei giorni. Il mio soldato aveva sbagliato a conteggiare i giorni, era tutto studiato alla perfezione per portare la gente all'esasperazione mentale. Mi domandarono come avessero ucciso l'altro soldato e dissi che erano stati i russi; mi sentivo un codardo, non ci avrebbero ucciso, avevo calcolato tutto così male. Mi riportarono in una base americana e dopo un'attenta analisi delle mie condizioni, mi rispedirono in America dalla mia famiglia. Ero impassibile, fermo e freddo come il ghiaccio. Il mio sguardo in realtà non guardava da nessuna parte. Nei miei occhi spiritati c'era solo la sofferenza e la voglia di esplodere. Mi mancava Giulia, poteva ridarmi la serenità, in cuor mio speravo solo in lei. Al mio arrivo a New York, non c'era nessuno ad aspettarmi in aeroporto. Presi il primo taxi e mi feci portare alla stazione dei treni per ritornare nella mia cittadina. Arrivato a casa di Giulia, bussai e ad aprirmi fu un uomo. Aveva su le mie scarpe, i miei jeans, la mia giacca, impazzii. Giulia corse subito fuori e cercò di spiegarmi cosa era successo: "Ci avevano detto che eri morto da mesi ormai, non ti trovavano più, eri scomparso. Ogni giorno dicono che potrebbe essere l' ultimo per come stanno andando le cose. Ti prego Jeff. Le cose non andavano nemmeno più bene tra noi". Notai la pancia e il fatto che era a casa da lavoro a quell'ora: "Di chi è?" Domandai. Scoppiò a piangere: "Jeff ero distrutta". Non risposi mi voltai e me ne andai. Entrai nella casa dei miei genitori, mi specchiai e mi feci la barba dopo mesi e mesi che non me la facevo. Non c'era nessuno in casa quel giorno, i miei parenti erano probabilmente a lavoro. Presi il Revolver nascosto sotto a qualche indumento nel cassetto e andai alla panchina fuori dal college in cui avevo conosciuto Giulia, piansi e mi sparai in testa come feci al mio soldato. Capii che la guerra non mi aveva ucciso, ma mi aveva preso la mia vita. Lo feci per mettere a tacere tutte quelle voci e maschere, che mi ero imposto di indossare in battaglia. Sapevo che solo così avrei potuto rendere felice ancora Giulia.

I miei figli persero il loro padre, ma protessi il loro ricordo candido di me felice con loro. Alla nascita del figlio di Giulia, nonostante l'accaduto, volle chiamarlo con il mio nome per darmi una seconda chance di vita.

II
LA VITA RACCHIUSA IN UNO SGUARDO

Era il 2023, una giornata fredda e piovosa. All'esterno della finestra di casa mia, la pioggia continuava a flagellare la città. Il rumore del traffico faceva da contorno ai miei pensieri, le paure e le tante insicurezze confinate dietro ai miei limiti, mi spaventavano a morte. Mamma era sempre con me, lei ha fatto di tutto per rendermi la vita più semplice, ma il mondo non è ancora pronto ad accettare ciò che viene considerato erroneamente diverso. Il mio nome è Leonardo, sono un ragazzo con gravissime disabilità e avere un amico per le mie difficoltà nel nuovo millennio è ancora utopia. La mia disabilità mi ha privato della possibilità anche solo di abbracciare mia madre, mio padre, di tirare qualche calcio al pallone, la mia disabilità mi sta soffocando privandomi della possibilità di vivere. Sono spaventato perché tra meno di dodici ore, conoscerò la mia nuova classe delle superiori, non sono pronto a questo cambiamento nella mia vita. Fuori il tempo migliorava, ancora qualche tuono silenziava, anche se per poco tempo, il rumore del traffico cittadino. La pioggia lentamente cominciava a cadere più leggera, seguivo con gli occhi le gocce che facevano a gara sul vetro e pensavo: "un giorno anch'io voglio essere veloce come loro". Ma dietro ad ogni sogno, come notai dal vetro, c'era quella carrozzina, quel volto così usurato dalle difficoltà posto di traverso sul poggia testa e quelle mani considerate intoccabili da chi fortunatamente non era nato così. Mia madre mi venne a prendere in salotto, ero davvero triste al pensiero di venire giudicato al primo impatto, a mente fredda da sconosciuti ignari delle mie difficoltà. Avrei così tanto da dire, avrei così tanto amore da dare a qualcuno, che davvero nessuno lo può immaginare. Papà lavorava notte e giorno per pagarmi le visite, le cure, le ricerche per avere risposte, mio padre è il mio eroe, mentre mia madre è il mio angelo custode. Ogni piccola cosa mi riconduceva come un filo conduttore ai miei problemi, dalla più banale azione, alla più complessa, chissà come dovrebbe essere tenere in mano un cucchiaino e mangiare da solo, senza avere per forza qualcuno lì che ti imbocca. Mi sentivo ogni giorno un peso. Il silenzio al quale ero costretto a stare mi uccideva, vivevo dentro la mia testa, andavo avanti con l'immaginazione. Mio papà dalla stanchezza praticamente non guardava più la televisione, l'amore per me superava le sue passioni; pensate, prima che io nascessi, andava sempre allo stadio a tifare la sua squadra del cuore, ovviamente anche se non l'ho mai vista dal vivo, anche io la tifavo, la Cremonese. Potrei paragonare la mia vita ad una continua salita alla quale davvero non so quanto io possa ancora resistere. Dopo cena mio padre, come sempre si rifugiò nel letto, mia madre mi spinse fino al divano di fianco al poggia braccio. Anche qua non sapete quante cose avrei da dire, tra c'è posta per te, amici, uomini e donne non potete capire quanto vorrei alzarmi e scappare via, pomeriggio cinque poi, tanta roba ragazzi. L'ora tarda fece presto ad arrivare, anche se per un paio d'ore, m'ero perso nell'affetto di mia madre, in qualche abbraccio che anche se per pochi secondi mi faceva sentire parte di un mondo che non mi accetta. Mia madre mi portò a letto, la notte era l'unico momento della mia giornata in cui mi sentivo come tutti gli altri. Stare fermo nel letto a fissare il vuoto, perdermi in me stesso, camminando nei miei pensieri, era magia, era vita, la mia unica possibilità di vivere come i passanti che ogni giorno dal mio balcone con la coda dell'occhio guardavo passeggiare. Amo sognare perché è una cosa che accomuna tutti gli esseri umani senza distinzioni. Da lì a poco sarei stato in una nuova classe, nuovi sguardi, nuove storie. Chissà se loro attraverso i miei occhi capiranno davvero la mia vita! Mia madre mi diede un delicatissimo bacio sulla fronte seguito da una carezza, piccole cose che davvero quando non hai niente fanno la differenza. Entrai nel mio mondo con un sogno, la porta per entrarci era il mio sonno perennemente leggero, rafforzato da qualche psicofarmaco per attenuarmi l'agonica sofferenza dell'attesta della normalità. Al sorger del sole, quando il firmamento tra i palazzi alti che solleticano il cielo si colorava con i dolci colori dell'alba, mia madre mi svegliò. Con delicatezza mi misero un paio di pantaloni, una maglietta, e la felpa, in testa la solita cuffietta grigiorossa. Mio padre era già da ore a lavoro, mia madre ricominciava domani in un negozio di parrucchieri per arrotondare lo stipendio. Mi sentivo un peso, ma allo stesso tempo, attraverso la loro iride coglievo raggi di felicità, come se ogni mio gesto, portasse nuove energie dentro di loro. Ok, adesso veniva il momento più complicato di tutti, entrare in classe. Partiamo dal presupposto che loro erano già tutti amici tra di loro, perché avevano iniziato da mesi la scuola e io non potevo ancora entrare in classe, questo peggiorava ulteriormente le mie ansie, non volevo diventare ancora una volta un peso per qualcuno. Aperta la porta vidi tutti quegli occhietti che mi puntavano, il cuore batteva come non mai, ero tesissimo, mia madre sorrise e mi disse che andava tutto bene, una solita tenera carezza e mi lasciò di fianco alla professoressa. La prof. Sara mi presentò alla classe come un ragazzo tranquillo, uno di loro insomma, ma a mio primo impatto vedevo solo tanta voglia di evitarmi. La prof. mi spinse accanto a Simone, un ragazzo all'apparenza tranquillo, ma appena la prof. si girò per fare ritorno alla cattedra sbuffò. Iniziata la lezione tutti erano attenti, o meglio, quasi tutti. Il mio compagni di banco giocava di continuo con il telefonino a un gioco stupidissimo con le caramelle che esplodevano. Quanto avrei voluto la sua occasione di vita. Con la mia esperienza di persona fortemente fisicamente limitata, notai che le persone davano per scontato ogni cosa, scrivere, la possibilità di parlare e abbracciare a comando, io invece continuavo a sognare tutto questo, solo durante la notte potevo ambire a questo lusso. Capii che la fortuna che avevano loro era comunque soggettiva, una vita così diventa fortuna il giorno che capisci come sfruttarla e sono sincero, provavo dispiacere nei loro confronti. Fece sei ore a rompere le scatole a tutti, io gli facevo paura per il momento quindi mi risparmiava, ma agli altri rompeva molto le scatole. Pensandoci bene, forse ho capito perché la professoressa mi ha messo qua. Calcolando che non posso parlare e muovermi, con me accanto sperava in suo cambiamento. Il momento più brutto fu l'intervallo, immagina tanti piccoli gruppetti che chiacchierano e giocano tra di loro e poi vedi me, lì solo, parcheggiato all'ombra di una quercia. La tortura più grande era il fatto di riuscire ad ascoltare ma non poter rispondere, lo facevo con il pensiero per sentirmi meno solo. Finita scuola fuori dall'istituto c'era mia mamma. Quando la vedevo rappresentava la fine della mia agonia sociale. Nel pomeriggio andammo da mia nonna, era da un po' che non la vedevamo, lei era la solita bonacciona, preparò un miliardo di cose da darmi tra maglioni, magliette e pantaloni. Mia nonna mi ha cresciuto, quando mia mamma andava a lavorare per pagarmi il necessario per permettermi una vita dignitosa in queste condizioni, mia nonna giocò un ruolo fondamentale. Ero sempre da lei, io braccio lei spalla, così ci definivamo. Anche se non potevo permettermi di darle abbracci, lei li coglieva con lo sguardo. Mangiammo dai nonni e in serata facemmo ritorno a casa, mio padre si stava gustando alla televisione la coppa Italia, almeno, ci provava. A fine primo tempo era già secco e mia mamma d'astuzia cambiò canale, le Iene mi piacevano dai, non mi lamentavo. Il sogno di avere una possibilità in un mondo che non dà possibilità a meno che non te la compri, mi imprigionava ancora una volta con lo sguardo fisso sul soffitto. Dopo un risveglio traumatico, sentii mia mamma parlare al telefono con la nonna riguardo a mio padre, scoprii che era andato a lavorare anche con la febbre, il suo amore superava la fatica del sacrificio stesso. Di fretta mia madre mi lasciò a scuola e sua volta andò al lavoro. Simone oggi era più simpatico del solito: con una cordicella legò le ruote della mia carrozzella al banco senza farsi scoprire dalla professoressa, nel frattempo richiamava l'attenzione dei suoi due amichetti per farsi notare e cominciò a ridacchiare. Il mio sguardo era il solito, l'impossibilità di difendermi e mettere un punto alla mia eterna solitudine mi flagellava ogni giorno, episodi come questo non facevano altro che aumentare la mia autodistruzione. Carlo tagliuzzò tutta la gomma da cancellare che aveva nell'astuccio e iniziò a tirarmi i pezzetti addosso, uno schifo. La colpa di tutto questo era l'inconscia ignoranza che aleggia nella gioventù d'oggi, i più deboli vengono presi di mira dai più avidi, oggi toccava a me, domani ad un altro. La definizione di vita non è altro che l'insieme delle nostre sensazioni, la mia definizione ancora oggi si impregna dall'odio di queste persone. Con la coda dell'occhio vedevo che alcuni ridevano, altri facevano finta di niente. Ma chi tace davanti a questa sofferenza, non fa altro che farti sentire meno importante del loro ego. Con la mia esperienza ho compreso che chi si palesa fragile, non raccoglie risultati nell'immediato, ma ci vuole tempo. L'attesa rende ancora più sacro il raggiungimento dell'obbiettivo. Tra i tantissimi volti grigi, una sola ragazza si voltò verso di me per vedere cosa mi stessero facendo, si chiamava Claudia ed era piena zeppa di amici e amiche.

Alzò la mano e chiamò la maestra facendogli notare la corda di Simone. Quanto avrei voluto ringraziarla, cercai di fargli capire in tutti i modi quanto gliene fossi grato. I miei compagni di classe avevano il compito di spingermi dalla classe fino al cancello a fine lezione e negli intervalli, in cortile. Quando il ragazzo o la ragazza incaricata scoprivano che era il loro turno, palesavano assenza di voglia e freddo distacco. Ero uno sbatti, così mi identificavano. Dopo quell'episodio in classe con Simone, mia mamma era andata a scuola per cercare di avere spiegazioni, ma niente, spesso nel mondo chi ha la vista non vede e chi non ce l'ha vede. Non tutte le persone sono così, la fiducia nelle persone non calava mica è, non sono uno che si preclude facilmente dalle conoscenze. Ho molta paura, quello sì! Dai, non scherziamo, lo sappiamo tutti che dipendiamo dal giudizio degli altri. I giorni come gocce di pioggia si susseguivano, solita routine infernale, educazione fisica accanto al professore, intervalli con la quercia e le ore in classe passate come mascotte di Simone. Un giorno l'intervallo giunse più velocemente, la giornata procedeva veloce. Storia mi piaceva molto, entrare negli errori del passato e capirli, percepire l'essenza del fallimento e notare come ogni cosa prima si distrugge e poi si rigenera. Claudia anche se non toccava lei dall'elenco mi iniziò a spingere verso il cortile. Le sue amiche la guardavano male, quanto influivo sugli altri, incredibile… di solito lei giocava a carte con le sue amiche, oggi era lì con me. Prese il suo mazzo di carte da briscola e iniziò a mischiarle, tre a me e tre a te, disse.

Una persona della mia età, che senza essere obbligata da nessuna ragione etica o morale, per la prima volta su sua iniziativa era lì a giocare con me. Si inventò un modo strano per capire che carte volevo giocare, con gli occhi gli indicavo quale delle tre volevo utilizzare e così giocammo tutto l'intervallo. Non mi ero mai divertito così tanto. La campanella di fine lezione suonò e per la prima volta in tutta la mia vita, ero quasi dispiaciuto di andare a casa. Simone una mattina prese di mira Claudia, la causa forse ero io; sapete, il mondo non ha confini con l'ignoranza. Solo il fatto che per un giorno, di sua spontanea volontà scelse di stare con me, si giocò la sua ambita popolarità. Ma davvero noi ci consideriamo gli animali più intelligenti? O come un narcisista allo specchio siamo noi ad auto attribuirci questo titolo? Se con me erano pezzi di gomma, con lei usarono il cancellino della lavagna e la sporcarono tutta di gesso. Io ero lì impossibilitato ad intervenire, tentavo di fare qualche urlo, ma ovviamente non riuscivo più di tanto. Uno dei tre si girò verso di me e mi disse di stare zitto, in aggiunta dandomi del mostro. Claudia piangeva, io ero abituato a tutto questo, sapevo quanto male faceva. Ogni attimo di vita lascia un segno dentro di noi, quelli negativi sono molto più vivi di quelli positivi, come se la vita voglia sempre farci ricordare che per ogni bellezza c'è sempre un duro prezzo da pagare. Le sue lacrime non erano solo le sue, quelle di una ragazzina matura che sapeva guardare oltre ad un paio di ruote della sedia a rotelle, erano le lacrime dell'educazione umana. Ogni vita che viene sporcata da questi episodi, è una sconfitta per la nostra società.

Iniziò la lezione, ma Claudia continuava a starmi ugualmente vicina, una frase mi colpì molto detta da lei, non ti preoccupare, ci sono io, non ti toccheranno mai con me vicino. Mi sentivo al sicuro con lei accanto. Il bene che lei provava per me, era maggiore del dolore provocato da Simone e i suoi amici. Le ore quel giorno trascorrevano lente, agli occhi miei nonostante la giornata soleggiata, c'era un tremendo diluvio. Matematica, materia da me odiata anche nei giorni più limpidi, sembrava il canto dell'apertura al regno degli inferi. Con lo sguardo continuavo a guardare Claudia, avevo paura di provocarle danni irreparabili al suo animo, chi sa apprezzare nella nostra epoca automaticamente viene visto sintetico, privo di significati, quando invece è chi si affida al pregiudizio a diventare monodimensionale. Siamo così bravi eticamente che ci divertiamo a dare delle definizioni pure alle persone, ma perché? Perché ogni cosa deve essere riassunta in qualche parola? Che necessità ha. Mi voltai verso la finestra, oltre al cambiamento climatico per una volta, riuscii a notare qualcosa al di là del riflesso della mia figura.

Credo che una delle sfide più grandi nella vita, alla fine non è tanto essere accettati dagli altri, ma da se stessi. Siamo tante stelle smarrite all'interno del cielo, ognuna di noi ha coordinate diverse nel firmamento, la nostra unicità ci permette di occupare una parte esclusiva nel cielo. La vita alla fine funziona allo stesso modo, siamo tante piccole stelle nella volta celeste degli altri e prima o poi troveremo qualcuno che ci seguirà. La nostra esistenza è un equilibri incredibile tra pazienza e tempo, due cose così distanti ma essenziali, la fretta non ci porta lontano, si fanno le cose in maniera veloce e non curata, la pazienza ci da la ragione. Ogni azione e ben pensata, la vita alla fine è fatta da tanti velocisti e da pochi artigiani. Dopo le ultime due ore strazianti di matematica, la campanella finalmente mise fine all'agonica attesa, sembrava il fischio finale di una partita ferma sul 1-0 al novantesimo minuto con gli avversari sempre in attacco. che agonia! All'arrivo alla macchina ero più strano del solito, mia mamma parlava poco e la stanchezza scavava i suoi occhi, il traffico cittadino scorreva lento, come i fiumi nella pianura, sul marciapiede la vita cittadina continuava, le sagome delle persone che si mischiavano come carte da gioco, sembravano uno sciame di api fuori dall'arnia. Ogni uomo su quel marciapiede aveva sogni e obiettivi condizionati dal suo singolare passato, alla fine la nostra unicità è davvero la chiave della nostra esistenza. Non esiste il diverso nel mondo, siamo tutti splendidamente unici, siamo tutti singolari. Chi discrimina odia l'umanità alla fine, insultare una persona basandosi sui pregiudizi, è un insulto a se stessi e all'educazione che ci è stata imposta. Cosa sono gli umani? Cito un cantante italiano che ha dato una risposta molto conforme alle mie idee: "sono animali che comandano altri animali divisi in classi sociali". Credo che siamo tutti narcisisti, diamo più valore all'apparenza che all'essere smarrendo i nostri ideali dietro al denaro. Ci vendiamo come i detersivi, parliamo, parliamo, ma non agiamo. I governi sono schiavi del potere e si nascondono dietro alla voce autoritaria del denaro. Quando tutto va male e falliamo, ci sentiamo vittime di noi stessi e quell'essere che vediamo solo dall'interno e ogni tanto grazie ad uno specchio dall'esterno, alto in media un metro e settanta, diventa il nostro peggior nemico, quando invece è il primo essere che ha bisogno della nostra coscienza, meditiamo su chi amiamo, meditiamo sulle nostre amicizie. Nel pomeriggio andai con mia madre a fare la spesa, odiavo andare al supermercato, preferivo di gran lunga uomini e donne, almeno lì si era in salotto sul divano. Centododici euro di spesa, con la macchina in riserva tra me e me pensavo, bene! Anche oggi partono centosettanta euro, come fa una famiglia con tutte queste problematiche andare avanti. Le bollette sono puntuali come i secondi dell'orologio e decidere di mettere su famiglia, ora, non è più questione di sentirsi pronti a livello relazionale, mentale, ma economico; l'uomo è schiavo del denaro. Siamo così sotto al prezzo materiale della vita, che ad oggi le nostre decisioni dipendono da esso, di questo passo saremo un mondo spaccato in due, con la classe medio bassa infelice, i ricchi sereni e crescerà l'odio. Poi vi prego sono stufo di sentirmi dire che nessuno ha mai odiato qualcuno, se c'è qualcosa che l'uomo sicuramente proverà nella vita è l'odio, l'amore invece, provarlo, non è così scontato. Dopo aver pagato la benzina con le sue stupende accise risalenti all'età della pietra, ci recammo a casa, nel nostro appartamento in periferia con un bagno, due camere da letto, un salotto e una cucina. Alla sera fece ritorno mio padre, bevve solo una tazza di latte caldo, aveva trentotto e tre di febbre, la stanchezza lo stava mangiando vivo, non sapete quanto mi sentivo in colpa. Andare a letto quella sera non fu cosa più umiliante. Al dolce risveglio, una nuova giornata era alle porte. I clacson dei frustrati erano già strombazzanti di prima mattina, ma io mi dico, se sai che ci sarà traffico, ma parti dieci minuti prima no? Ogni mattina sembrava un concerto, un po' come quando sei in una pineta al mare e senti le cicale. Fatta colazione arrivai a scuola con mia madre e Claudia venne verso di noi. Mia madre fece un cenno di sorriso, era sollevata a vedere che anche a scuola

c'era qualcuno che si prendeva cura di me. Si assomigliavano molto in questo loro due, entrambe stavano facendo un sacrificio per me: Claudia andava in contro al pericolo dell'esclusione sociale nella classe, mentre mia madre si spezzava la schiena tra lavoro e mie cure, non calcoliamo mio padre, lui ripeto, è il mio eroe. Durante l'intervallo, Claudia si inventò un modo per farmi giocare a dama: un battito di ciglia voleva dire di spostare la damina a destra, due a sinistra, dritto tre battiti. Apprezzavo veramente tanto il suo impegno per farmi sentire un briciolo più parte della società. Gli altri ragazzi non badavano al mio stato d'animo, loro giocavano a calcio, nascondino, un due tre stella, loro avevano una chance di vita piena già lanciata, io dovevo crearmela da zero. Finito scuola mia madre andò al centro commerciale per prendermi la torta. Domani è il mio compleanno, per me è un giorno come tutti gli altri, ma è bello vedere tutta la mia famiglia riunita intorno ad un tavolo sorridente, mi metteva di buon umore. Appena riaprii gli occhi, il giorno seguente, fui accolto da mamma e papà, in cucina c'era un regalo per me e la colazione. Il regalo era la maglietta della Cremonese, ero troppo contento. Arrivato a scuola, non c'era Claudia a portarmi in classe e la cosa mi preoccupava tanto. Venne la bidella a prendermi, una signora che compariva solo all'apertura della scuola e al suono della campanella di fine lezioni, furbetta del cartellino?
No, dai scherzo.
Appena entrai in classe vidi Claudia al primo banco tutta concentrata che svolgeva la verifica di italiano, ero già risollevato. All'intervallo venne da me e con grande sorpresa mi fece gli auguri, mi disse che aveva letto la data del mio compleanno sul registro della maestra ad inizio lezione senza farsi scoprire. Mi diede un regalo. Fu la prima sorpresa

che mi fece una persona al di fuori della mia famiglia. Aprii il pacchetto e mi lesse prima il bigliettino: questa sera, non ci sono scuse. I tuoi genitori verranno da me e festeggeremo insieme il compleanno. Comunque ci siamo messi d'accordo anche sul regalo. Chiusa la lettera mi disse che mi avrebbe accompagnato lei. Aprii il pacchetto e dentro c'erano due biglietti per Cremonese-Inter. Ero la persona più felice del mondo, non potevo sorridere più di tanto, ma credo che lei abbia capito tutta la mia commozione. Mi abbracciò fortissimo e mi prese lei le braccia mettendosele come una sciarpa attorno al collo. Non ci fu emozione pari a questa. Siamo colori che spiccano in un mondo in bianco e nero, veri sorrisi che si contraddistinguono in mezzo a tanti altri falsi. Le amiche di Claudia non si facevano più vive con lei, i giochi che facevano prima insieme, le avventure che vivevano unite erano tutta finzione, pura finzione. Le amicizie vere non finiscono così, non si basano sulla popolarità, non si basano sui follower, sul santissimo apparire, le vere amicizie si basano sulla sincerità e sull'apprezzamento. Ma alla fine cercare di dare una definizione a ciò è impossibile, l'amicizia è un'amore che ci ha creduto meno. Al termine delle lezioni, fuori dal cancello non c'era mia mamma, ma la madre e il padre di Claudia, ero davvero l'uomo più felice sulla terra. I bulletti dietro sghignazzavano, ma il silenzio interiore che regnava era imbattibile, come una gomma esso cancellava tutte le voci di sconfitta che per secoli indisturbati mi avevano lacerato all'interno. Essere diverso agli occhi degli altri voleva dire isolamento, prima di Claudia, l'unica cosa che ascoltava i miei pensieri dandogli sfogo, era il soffitto. Il papà si presentò facendomi una carezza, sua madre a seguire fece lo stesso gesto, mi sentivo parte di un gruppo che conosceva poco le mie problematiche, ma le accettava e mi spiace dirlo, ma anche tra gli adulti ancora oggi la diversità è un tabù. Mi caricarono in macchina, avevano un macchinone e questo spiegava il vestiario sempre firmato di Claudia. Il papà lavorava in banca, mentre la madre era un avvocato. Mi sembrava una famiglia serena, la cui luce interiore era nutrita dalla felicità altrui. La loro casa era in pieno centro della città, il chiacchiericcio dei passanti faceva di contorno alla quiete famigliare, la curiosità dei turisti perennemente con il naso rivolto verso l'alto poteva essere solo paragonabile al dolce suono del violino.

A volte per stare a galla, serve davvero solo una voce un pianoforte e una chitarra. Dopo diverse rampe di scale, entrammo nell'appartamento; il soffitto era affrescato, il colore dominante era il celeste, le pareti accompagnavo l'atmosfera d'antichità con il giallo senape, in centro al soggiorno c'era uno stupendo pianoforte, non ne avevo mai visto uno dal vivo, ma il suo suono mi strapiaceva. Continuavo a fissarlo con estrema curiosità, allora Claudia si mise lì a suonarlo. Non sapevo che lei sapesse suonare il piano, non me lo aveva mai confidato. *Another love* con il piano mi spezza, volevo sentire quella canzone suonata da lei a tutti i costi, dovevo cercare di farmi capire; le indicai con lo sguardo più volte il telefono e fino a quel punto ci capimmo, poi iniziarono i problemi: come posso farle capire che voglio quella canzone. Mi mise il suo telefono davanti alla faccia e sempre seguendo gli occhi riuscii a condurla prima su you tube e poi sulla canzone? Mi fece un sorriso e mi fece i più sentiti complimenti per come mi facevo capire.

♩ ♩ ♩ ♩

Lettore… ora prenditi le cuffiette, ascolta "Another love" e nel frattempo continua a leggere.
♩ ♩ ♩ ♩

Il pensiero mio fugge leggiadro al tempo,
come un fiocco di neve fa in preda al vento.
Le insicurezze come fantasmi mi tormentano il sonno, ma
perdendomi e lasciandomi prendere
dal frastuono delle onde,
prodotto dal loro impatto nella risacca,
contemplo i miei limiti e i miei confini.
Siamo frammenti di momenti per le vite degli altri,
siamo noi il vero significato della vita.
I nostri occhi rispecchiano la nostra storia,
come il mare fa col cielo.
Le stelle, fragili come lacrime,
decorano il firmamento notturno,
un po' come fanno le emozioni
nell'infinità della nostra vita, così bella e unica.
Ci sono tanti modi per amare,
ma solo uno per essere sempre compresi.
La fiducia contorna la speranza,
come il coraggio fa con la vita.
Siamo otto miliardi di cervelli,
otto miliardi di idee,
otto miliardi di cuori palpitanti
alla ricerca di una loro dimensione,
riassunta in qualche sguardo.
La sconfitta esiste per progettare la vittoria,
un punto basso nella vita,

serve come trampolino di lancio
verso l'apice del nostro successo,
siamo grandi sognatori, ma piccoli realizzatori,
schiavi delle insicurezze, ostaggi delle nostre paranoie,
siamo alla costante ricerca
di risolvere i problemi degli altri,
dimenticandoci di noi stessi, sprofondando nei ricordi.
Vivere nel passato, non porta altro che smarrimento
nell'ombra di noi stessi, costruita come anestetico
per soffrire apparentemente un po' meno,
ma se un problema non viene combattuto
e messo solo momentaneamente a tacere,
esso ritornerà ancora più forte.

♩ ♩ ♩ ♩ fine ascolto ♩ ♩ ♩ ♩

La canzone finì e sorridente, Claudia, mi chiese se mi era piaciuto il modo in cui aveva suonato, non c'erano dubbi sulla mia taciturna risposta: certo!
Mi disse che ora voleva sceglierne una lei. Allora, con estrema curiosità, rimasi lì impietrito ad ascoltarla.

♩ ♩ ♩ ♩

Lettore, cuffiette! Accompagna la lettura con il brano "Home (slowed)" di Edith Whiskers

♩ ♩ ♩ ♩

E smarrisco i miei pensieri tra i tasti del piano.
Non curante delle mie insicurezze,
m'affido alla voce del coraggio.

Sogno e sogno ancora, la vita come un ruscello
scorre sotto l'occhio vigile del destino.
La solitudine che per anni mi ha contraddistinto,
recrimina ora un briciolo di spazio tra i miei desideri.
Nell'altalena della vita non c'è spazio per l'apparenza,
siamo narcisisti
persi nel continuo fissarsi allo specchio.
Sottovalutiamo le fragilità,
non curando che sono loro a renderci unici.
L'amore rincorre le nostre paranoie,
come le nostre paranoie distruggono la fiducia.
Soffochiamo nelle nostre ansie,
boccheggiando qua e là,
dove crediamo di trovare qualche respiro di risposta
alle nostre sonore interiori domande.
Siamo vagabondi alla ricerca di un'identità
che crediamo dipenda solo dagli altri,
ma in realtà il nostro essere dipende solo da noi stessi.
Non smettete mai di stupirvi,
la vita è magia e nulla è scontato.
Godetevi ogni istante, perché nel presente c'è
e questo è certo,
ma domani non si sa.

♩ ♩ ♩ ♩ fine ascolto ♩ ♩ ♩ ♩

La musica accompagna le nostre vite, da voce ai nostri pensieri interiori. Ascoltare Claudia a suonare il piano mi aveva fatto molto riflettere, era magia.
Si vedeva che aveva passione nel suonarlo. I suoi genitori erano appoggiati sulla soglia della porta ad ascoltare anche

loro, dagli sguardi erano orgogliosi della loro figlia. Un orgoglio indescrivibile a me sconosciuto. I miei genitori erano sicuramente fieri di me, ma io queste emozioni non potevo dargliele, suonare il piano? Io? Manco nei più profondi sogni potevo ambire a ciò.

Non potete capire quanto l'impossibilità di realizzarsi possa demolire l'orgoglio di un uomo, non potete minimamente immaginare il rumore del fallimento fin quando non ci siete dentro, quel rumore così assordante che ti piega e distrugge. Fissai il vuoto intontito dalle sensazioni negative, compresi quanto l'inconscio silenziosamente dentro di noi agisce, ti prende per il collo e ti appende al muro quando meno te l'aspetti. Compresi che il peggior nemico che abbiamo siamo noi stessi in alcune situazioni, siamo piccoli granelli di sabbia trasportati dal vento della vita, verso lidi lontani da quelli che abbiamo immaginato.

Mi domandai dentro di me: ma in tutto questo, dove sta il cuore?

Beh, il cuore può agire quando e come vuole, ma non ci potete fare nulla; in ogni azione serve sempre un briciolo di testa, e la testa a volte, si deve arrendere alle sensazioni che manipolano i nostri ideali. Ricordate che noi ci distinguiamo dagli animali per l'intelletto e la ragione, quando uno dei due elementi viene a mancare, siamo meno persone e più animali. Il mio cantante preferito era Ernia, mi colpivano sopratutto i suoi testi musicali, sono diretti e precisi, sanno dove vogliono andare a parare. Buonanotte l'avrò ascoltata minimo centomila volte in loop, mia madre mi aveva creato una playlist e ogni tanto, quando chi mi accudiva mi capiva, ascoltavo musica. C'era una forte spaccatura dentro me, morale e etica. La felicità finalmente cominciava a farsi avanti nella mia vita, ma qualche nuvola di insicurezza ancora oggi, tentava di fossilizzarsi davanti al sole, privandomi per qualche secondo dalla luce. Dopo qualche minuto, qualcuno suonò al campanello, Claudia sempre con il suo fare giocoso, aprì la porta e fuori c'erano i miei genitori, pronti ad iniziare la festa. Ero contentissimo, il sapore della felicità per chi non l'ha mai assaporato con gusto. I miei genitori erano sorridenti, la famiglia di Claudia era incredibile, attenta e super orgogliosa della loro piccola. Si percepiva l'aria di armonia, la tranquillità era la protagonista principale di questa serata, tanti silenzi in quegli attimi erano stati colmati, avevo gli occhi lucidi e non mi era mai accaduto. Fu una serata incredibile, giocammo a carte, io con Claudia ovviamente e poi mangiammo tantissimo. Non avevo mai festeggiato un compleanno con tutto questo entusiasmo dentro, mai.

A notte tarda, i miei genitori stanchi per il lavoro, con grande dispiacere cominciarono a prepararsi per uscire, non immaginate quanto avrei voluto ringraziare a parole Claudia e i suoi genitori. Nel tragitto per andare a casa, fissai le gocce che facevano a gara sul finestrino, i miei pensieri si mischiavano con la nebbia e sparivano mimetizzati nel nulla più assoluto. Capii che il segreto di vivere sempre con il sorriso, si nascondeva dietro alla percezione delle piccole cose. Ebbi questa conferma proprio con questa festa, un regalo, un sorriso e due carte... non chiedevo la luna, chiedevo qualche sorriso in più.

L'incomprensione è alla base dell'odio, il pregiudizio gonfia la rabbia e tenta in qualche modo di farla apparire giusta agli occhi di chi dall'esterno timoroso assiste. Per natura, l'uomo si costruisce idoli e rivali, il costante tentativo di emulare questi, deraglia le nostre vite, ponendoci maschere e confini, tetre maschere e tetri confini. La prima vittima della nostra immoralità siamo proprio noi stessi, una frastagliata eterna lotta contro le paranoie. La testa vuole calma piatta, mentre il cuore osa, osa e osa sempre, il cuore non valuta il rischio, il cuore pretende un po' di rischio.

In fondo le nostre vite viste dall'esterno o da un profilo social sembrano così limpide e semplici, mentre all'interno ci sono casini su casini; la gente ormai ha cambiato la percezione di conoscere una persona, noi pensiamo di conoscerla grazie a cinque foto, due video e un centinaio di follower, ma in realtà siamo molto di più, è quasi offensivo dire che siamo solo questo. Il futuro ci spaventa, lo vediamo come un gigantesco punto di domanda che può farci male. Non cogliamo l'opportunità che esso ci pone, calcoliamo e ci basiamo solo sul pericolo, ma che gusto ci sarebbe raggiungere dei traguardi senza prima aver sofferto? Il colpo di scena?

Non dobbiamo aver paura di un foglio bianco ancora tutto da scrivere, bisogna buttarsi e gettare il cuore oltre all'ostacolo. Se io mi fossi basato solo sul passato, oggi non sarei stato con Claudia e la sua famiglia, probabilmente al posto del suono del suo pianoforte, avrei udito solo le voci dentro la mia testa guardando il soffitto. È davvero incredibile come una persona possa leggerti e capirti così profondamente solo da uno sguardo.

Quella notte, non mi fu mai così dolce il mio addormentarmi.

La mattina seguente andai a scuola con uno spirito totalmente diverso, Claudia come al solito mi aspettava davanti al cancello per accompagnarmi in classe e anche se era inverno, il freddo non mi gelava il cuore.

In classe c'era un'aria diversa, notavo che guardavano Claudia e senza farsi vedere sghignazzavano coprendosi la bocca con la felpa. La mia amica non dava corda a questi giochetti virili, ma a me comunque ferivano molto. La chiamavano amica del fossile, oppure amica dell'handicappato, non sapevano cosa voleva dire stare nelle mie condizioni e anche se un po' li detestavo, non auguravo a nessuno di loro la mia silenziosa vita, un'esistenza basata solo sulla veridicità degli sguardi.

Per distrarmi fissavo le foglie cadere dalle piante, le ultime appassite accartocciate foglie svolazzare verso il suolo. Che futuro possono avere quelli come me? Questa domanda mi distruggeva. La settimana lesta culminò nel weekend, i miei genitori decisero di portarmi al mare, da casa nostra non era distantissimo e poi, anche se loro non potevano saperlo, era uno dei posti in cui a tutti costi, io volevo andarci.

Fu un viaggio abbastanza noioso, il traffico rallentava la marcia e mio papà munito di pochissima pazienza, sembrava dirigere un orchestra a colpi di clacson.

Arrivati al mare, i miei genitori decisero di portarmi lungo la passerella che portava ad un faro. Le onde come la voce dei passanti contornavano i miei pensieri quando mi affacciavo dal balcone di casa mia, lo sciabordio m'era dolce al mio pensare. La foschia all'orizzonte dava quel senso di mistero alla vita, monotona e infallibile quanto bella e imprevedibile, già, perché anche se nella sua monotonia essa ci annoia, quando meno ce lo aspetteremo ci sorprenderà. Mio padre mi tirò fuori dalla carrozzella e tenendomi stretto da sotto le spalle, mi fece metterei piedi nell'acqua, piccole sensazioni scontate che nel loro piccolo, per chi di essa non poteva godere, possono indubbiamente portare un pizzico di luce in più. L'ora cominciava ad essere tarda, il sole incominciava a lasciare spazio alla fredda notte, l'opaco firmamento dal colore grigiastro invernale, dava spazio a qualche timida stella, la luna egregia scintilla regina della notte, illuminava poco a poco quel che poteva, salvando il nostro sguardo smarrito dalle profonde tenebre. Quando hai compreso cosa vuol dire avere nulla, puoi dire di incominciare a comprendere il giusto valore della ricchezza.

Fu un pomeriggio meraviglioso, riflettere fa bene alla mente. Per capire meglio gli altri, prima bisogna capire se stessi. La vita è un po' come la matematica no? Non puoi fare le equazioni se prima non hai imparato le moltiplicazioni.

Rivalutai attentamente il concetto di felicità, cos'è?

Scrittori e poeti per millenni si sono interrogati su questa cosa, come si ottiene la felicità? Ma sopratutto, come mai stiamo materializzando ogni cosa?

Siamo in un'epoca davvero tosta sotto questo punto di vista. Essere fragili rappresenta un grandissimo difetto, per questo tutti i ragazzini ora giocano a fare gli adulti, chi si palesa debole viene sbranato, come succede in natura, domina il più forte. Rinneghiamo le regole, credendo che esista davvero la libertà, siamo poveri illusi, la libertà non è altro che un allentamento delle regole. La felicità è quella sensazione che ti fa cantare quando scendi le scale, essere felici è quando sorridi leggendo un messaggio o parlando con alcuni amici, non è ubriacarsi, fumare, quello può darti la felicità solo per un paio d'ore, ma è più facile ottenerla in quei modi lì e nell'epoca del minimo sforzo massima resa, l'ha sempre vinta la superficialità. Quante famiglie sono state spezzate da droga, depressione e abusi di alcol in questi ultimi anni? Progresso tecnologico! I poveri sono solo nel terzo mondo! Ma si a me non succederà mai! Quante persone l'hanno detto… è facile spingere i problemi sotto al mobile e fare finta di nulla. Siamo così intelligenti che ogni anno ricordiamo la Shoah, la liberazione, la festa della Repubblica, il Natale e tutto quello che si può festeggiare, per poi ricominciare a farsi la guerra. Come possiamo pretendere di trovare la risposta alla nostra felicità, se ancora oggi crediamo che ucciderci a vicenda possa portare del benessere al mondo. Siamo schiavi dei soldi, questa è la verità, ascoltiamo gente che crede di essere felice invidiandola inconsciamente e poi? Poi accantoniamo sogni.

I giovani non vogliono lavorare! Facile dirlo, rinviamo il problema degli stipendi ancora per qualche anno allora. Cervelli in fuga, pochi studiano, percentuali della richiesta di laureati nelle aziende elevata, ma bassissimo numero di laureati in Italia.

Carissimi, non tutti se la possono permettere senza aiuti, alla base c'è sempre la moneta. I nostri sogni dipendono ormai dalle possibilità economiche, che schifo. Nonostante tutto io credo ancora nella felicità, essa c'è e c'è per tutti. Ragionate, perché dovrebbe essere così facile nella vita essere felici? Ricordate che le cose più complicate da ottenere sono le più belle e appaganti una volta conquistate. La felicità non deve essere sintetizzata in qualche tiro di sigaretta o bicchiere di vino; lei è molto di più, la felicità è amarsi in maniera silenziosa. Essere felici è semplicemente un modo trasgressivo di vivere la vita. Credo che più di felicità, nella nostra epoca, stia maturando il concetto di "fast-felicità"; è un po' come il "fast food", una felicità buona e veloce da ottenere, ma che sfama poco. Arrivati a casa, a proposito di fast food, stavo letteralmente collassando dalla fame, fuori faceva davvero molto freddo. Incominciavo a intravedere la mia prima volta allo stadio, un'avventura che sicuramente incoronava molto più di un semplice sogno.

A notte ormai tarda, come di consueto, mia madre mi mise a letto, ma non fu una notte affatto semplice, stavo molto male. Avevo un senso di nausea incredibile, la pancia mi faceva malissimo, con qualche verso riuscii ad attirare l'attenzione dei miei, i quali si preoccuparono moltissimo. Mi portarono

all'ospedale per accertamenti, avevo la testa che esplodeva.
Dagli esami del sangue non c'era nulla di particolarmente preoccupante, sembrava tutto nella norma, ma per sicurezza i medici vollero farmi una risonanza magnetica. Dentro quella macchina infernale, continuavo a pensare a Claudia, alla partita, al mare, insomma, a ciò che d'avvero mi rendeva felice in questo periodo.
I sorrisi degli altri stavano costruendo il mio, la mia mentalità chiusa alla socialità, grazie ad anni e anni di fallimenti, piano piano cominciava ad aprirsi con più coraggio al mondo. Finita la risonanza, mi fecero aspettare in sala d'aspetto con i miei. Li vedevo molto in ansia, non ero nuovo all'ospedale, la mia vita praticamente si è svolta per la maggior parte dentro queste mura bianche. Il dottore diede i vari referti e disse che non avevo nulla di particolare, una bella infiammazione da curare con qualche pastiglia. Mia madre risollevata lo ringraziò e insieme a mio padre, ritornammo a casa. La foschia invernale rendeva tutto così fermo fuori dalla macchina, il silenzio regnava sovrano all'interno della macchina, aleggiava aria di preoccupazione mista tristezza. Ancora una volta il peso e le voci dentro di me, mi schiacciavano di sensi di colpa. La pesantezza della mia vita ricadeva automaticamente sopra a quella degli altri. Arrivati a casa, sempre mantenendo un rigoroso silenzio, figlio della lunghissima notte passata in ospedale, mia madre mi diede un pacco fatto dai nonni. All'interno c'era un bracciale nero, mamma me lo allacciò sul polso destro. Ero contento di questo regalo, erano giorni che non vedevo i nonni e lo ammetto, un po' mi mancavano; hanno fatto tanto per me e voglio ricambiargli un domani il favore.
I genitori di Claudia chiamarono nel pomeriggio per sentire come stavo, erano molto preoccupati in quanto la loro figlia

non mi aveva visto a scuola. Dopo una breve chiacchierata, mia madre che era stata a casa da lavoro per accudirmi, andò a stirare. Ogni mio malanno causava malanni a catena agli altri, ero un peso, non solo mi sentivo così, ma lo percepivo direttamente dalle conseguenze da me inflitte agli altri.

Il giorno seguente tornai a scuola, Claudia come al solito mi aspettava davanti al cancello e finalmente mi rivedeva, sorridente lei mi disse che ero stato uno scemetto a non aver avvertito nessuno e che si era preoccupata molto, sia lei, che i suoi genitori. Le vere amicizie hanno un sapore incredibilmente diverso da quelle finte. Il fine settimana arrivò velocemente e finalmente, si andava allo stadio. Cremonese-Inter era alle 18:00, faceva freddo lo ammetto, ma con su una coperta, cuffia e guanti per la prima volta vidi lo stadio Zini. C'era pieno di gente quel giorno, i tifosi grigiorossi caricarono la squadra fin dal riscaldamento, c'era clima di festa nonostante la classifica. Claudia era accanto a me e mio padre nella zona dedicata ai disabili, vidi da vicinissimo i giocatori dell'Inter e della Cremo, fu una serata bellissima. La Cremonese passò in vantaggio con un gol bellissimo di Okereke, ma l'Inter nell'immediato trovò il pareggio con Lautaro Martinez su una respinta corta di Carnesecchi, il gol del pareggio fece salire il volume dei cori delle due tifoserie: "Cremooo alè, forza Cremo alè, voglio solo star con teee", "quello stemma che hai sul cuore rappresenta il primo amore, te lo dicevo fin da bambinooo".

che clima… nei minuti finali, nonostante la splendida spinta dei suoi tifosi, la Cremonese prese gol e finì due a uno per l'Inter. I giocatori, con le teste chine, andarono sotto la curva Favalli, ma al posto di mugugni e fischi, trovarono una splendida pacca sulla spalla. Tra Cremo e Inter c'è tantissima distanza, il classico Davide contro Golia, la provinciale contro la big della Serie A, hanno faticato la vittoria, hanno rischiato grossissimo. Rimasi dentro lo stadio a lungo, volevo godermi il momento, mi ritenevo fortunato quella sera ad aver visto giocare dal vivo la mia squadra del cuore. Claudia, al suolo, trovò un braccialetto della Cremonese, lo prese e me lo legò al polso, ero contentissimo.

Alla sera, tornati a casa, ero stanchissimo. Gli occhi mi si chiudevano da soli, in camera quella notte si udiva solo il rintocco delle lancette, cominciavo a sentire di nuovo un fastidio allucinante alla pancia, meno dell'altra volta, ma comunque mi dava molto fastidio. Facendo qualche verso, richiamai l'attenzione dei miei genitori, preoccupati accorsero entrambi in camera da letto e mi diedero un antidolorifico, ma il dolore non passava. Nonostante la stanchezza, quella notte, non chiusi occhio. Mentre il sole fuori sorgeva e il traffico all'esterno sempre di più si faceva intenso, pensavo, riflettevo sulla mia vita, c'era un progresso esistenziale di spessore, ma sentivo che qualcosa ancora non funzionava. I miei genitori mi portarono a scuola, quella mattina Claudia era assente, la maestra mentre veniva a prendermi per portarmi in classe, mi disse che era ammalata. Allo stadio faceva molto freddo, sicuramente durante la partita aveva preso troppa aria. Senza lei riassaporai il senso di solitudine, nessuno mi calcolava, ritornai a fare amicizia con la quercia, non mi mancava la sensazione di isolamento. Finito l'intervallo sempre più lungo ed eterno, rimasi bloccato fuori in cortile, nessuno mi era venuto a prendere. Dopo un po' di tempo, venne la bidella a prendermi, quella che spariva e ricompariva a caso e come un angelo custode mi riportò in classe. Quando aprì la porta disse: "Vi siete dimenticati Leonardo". Mi domandai, ma come si fa a dimenticarsi una persona; va bene, non sarò di compagnia, sarò silenzioso e immobile più della quercia stessa, ma cavolo, anche io respiro, bevo, mangio e sopratutto provo sentimenti. Mi sentivo un oggetto, uno di quegli strumenti che se lo vedi te lo ricordi, ma che se te lo scordi non lo ritrovi più. Schifavo l'essere umano, schifavo l'egoismo che esso prova in ogni ambito e campo. Ci possiamo fare miliardi di domande, ma tanto ci daremo sempre delle mezze risposte vere per metà. Annullare una persona equivale ad ucciderla.

Finita scuola, mia madre venne a prendermi in classe; sapete, per i miei compagni di classe ero uno sbatti, una quelle fantasmagoriche cose da evitare e che quando toccavano a te sbuffare era poco. Arrivati a casa, mia madre mi accese la televisione su un documentario sulla seconda guerra mondiale.

Non morivo dalla voglia di vederlo, lo ammetto, però amo la storia e quindi mi incuriosì moltissimo.

In Norvegia, nella parte nord della penisola Scandinava, sorgeva Narvik.

Narvik era un paesino importante per l'esportazione di ferro e nella seconda guerra mondiale, giocò un ruolo importantissimo.

Nel 1940 fu teatro della prima sconfitta tedesca contro gli Alleati: Inglesi, polacchi e francesi.

Fu rioccupata dai tedeschi fino alla liberazione nel 1945, dopo essere stata rasa completamente al suolo dall'aviazione britannica. Un paesino di 1200 abitanti circa, famiglie e persone uccise a causa della cecità dell'uomo in balia dell'odio. La domanda che dentro me continua a farsi avanti quando guardo il notiziario è: "Ma com'è possibile che nonostante tutta la distruzione che abbiamo già visto, continuiamo a farci la guerra?". Vedo il mondo spaccato in due in ogni cosa, il divario tra ricchezza e povertà è sempre più ampio. L'invidia e la solita dose di prepotenza fanno sì che tutto ciò che di buono abbiamo fatto, in una decisione avventata viene cancellato. La guerra la fanno i ricchi, la cercano i potenti, ma a morirci sono sempre i civili e i soldati. Diplomazia di qua, diplomazia di là, ma la pace alla fine non la cerca nessuno. Vedo che nella gioventù la fiducia sulla politica sta calando, vota sempre meno gente e il rischio è proprio quello di perdere la percezione del concetto di repubblica. Un voto è vero non fa la differenza, ma la tua idea nel collettivo può causare molti più danni. Io non voto! Anche io allora, no ma hai ragione, non cambia nulla, nemmeno io voto; è domenica? Che sbatti; ragionando così sicuramente non cambierà nulla e dopo non ci possiamo più nemmeno lamentare. Sento spesso dire: "Ma tanto lunedì vado a lavorare ugualmente", e quindi? Per fortuna si studia e lavora, ma se non si vota, può cambiare il nostro modo di lavorare e studiare. Partecipare alla vita politica è una lotta che abbiamo vinto tutti insieme, e questo "sbatti", è un dovere e un diritto, al quale adempire è quasi d'obbligo morale. Premesso che non ho una preferenza politica, la bellezza di essere cittadini liberi è quello di cambiare opinione a seconda dei gusti, che sono prettamente soggettivi; tranne nel calcio, lì non si può cambiare fede! Dai si deve ogni tanto scherzare.

Nel 900 a parere mio, ci fu il più grande progresso tecnologico di sempre. Le vite sono cambiate moltissimo in quel millennio, l'esperienza delle due guerre ha sicuramente dato una visione diversa della vita. Quando ci si spaventa e ci si sente ad un passo dalla fine, la percezione sulle cose che di solito si danno per scontate cambia. La letteratura e l'arte testimoniano il cambiamento del pensiero umano, l'approccio dell'uomo sui sentimenti e sulla vita familiare in generale. Il mio poeta preferito di quell'epoca è Montale, io in lui vedo una continua ricerca della luce anche nelle cose più impensabili: un rivo strozzato di un fiume o l'accartocciarsi di una foglia, la semplicità è costantemente messa in discussione. Pensate che magia! Da un semplicissimo disegnino su un foglio, le lettere in fine sono disegni, si possono trasmettere emozioni e creare barlumi di vita dentro a dei perfetti sconosciuti anche dopo millenni. Il mio personale parere è che cambiano le epoche, ma le nostre insicurezze rimangono e rimarranno per sempre; la paura ci rende umani!

Nel 2023 la poesia esiste ancora e sempre esisterà, si è evoluta, secondo me il rap si può considerare un ramo della poesia, alcuni testi lanciano messaggi e entrano nel dettaglio dell'emozione. Alcuni rapper compongono veri e propri inni popolari, una cosa che accomuna un po' tutti nell'arte è il continuare a meravigliarsi per le cose più banali. L'arte da un senso laddove è difficile rilevarne l'utilità. Il documentario finì, ero mezzo addormentato e ormai il sole era calato, mio padre arrivò a casa dal lavoro stanco morto. Dopo una bella doccia calda, mangiai e guardai la televisione insieme ai miei genitori con successiva profonda dormita.

Il giorno successivo non stavo per nulla bene, avevo sempre un fastidio alla pancia molto accentuato, al dolore si aggiungeva una sensazione di nausea abbastanza forte. A scuola senza Claudia, la noia regnava indisturbata e i bulletti cominciavano a sentire l'odore del sangue a distanza. Durante l'intervallo mi presero la mano e me la scocciarono tenendo fuori solo il dito medio, legarono il braccio in modo che risultava io facessi il dito medio, senza che nessuno mi dovesse tenere il braccio. Tutti ridevano, in sé non faceva male il gesto, ma il fatto che a tutti facevo ridere, ero il clown della classe, il giochino che si dimentica in giro per la casa e che quando lo noti, lo calci sotto il divano.

La maestra mi slegò la mano, faceva sembrare tutto così

normale, per fortuna che non tutti gli insegnanti sono così. Dopo che mi riportarono in classe, come se nulla fosse, lei ricominciò la lezione. Ero deluso dagli altri, appena rimanevo un briciolo solo e inosservato venivo ripetutamente preso di mira, un inferno, preferivo morire, che passare cento di questi giorni. Il tramonto quella settimana era ritornato ad essere il momento più bello della giornata.

Notai che al polso non avevo più il braccialetto rinvenuto allo stadio da Claudia, pioveva sul bagnato quel giorno.

♩ ♩ ♩ ♩

Lettore, trova un paio di cuffiette e ascolta "I love you" di Billie Eilish mentre leggi
♩ ♩ ♩ ♩

Ogni volta che mi guardo allo specchio, odio ciò che c'è riflesso. Accettarsi è la missione più complicata dell'esistenza di un individuo. Sembra una bugia, ma è la dura realtà, la persona più dura e critica con noi, siamo sempre noi stessi. La perfezione la vediamo come la soluzione a tutti i nostri problemi, quando invece anche l'essere perfetti, è un difetto. Siamo meravigliosi perché siamo vari, figli di ideali metabolizzati col tempo e compresi negli occhi di qualcun' altro. La risposta alla sofferenza è l'amore. Siamo il risultato delle nostre scelte, pezzi di un puzzle complesso che solo chi lo vede dall'esterno può trovare l'ordine corretto dei pezzi. Siamo abili sognatori, ma pessimi realizzatori, grandi attori, ma pessimi registi. Nella vita dobbiamo essere meno protagonisti e più pubblico.

♩ ♩ ♩ ♩   fine ascolto ♩ ♩ ♩ ♩

♩ ♩ ♩ ♩

Lettore, ti consiglio di leggere il brano con in sottofondo
"Love is beautifully painful" di Darkrose
♩ ♩ ♩ ♩

Ci riteniamo così intelligenti e insuperabili nella vita, che osiamo giocare con i sentimenti delle persone. Ogni vita condiziona altre vite, la nostra esistenza è un insieme di vite intrecciate tra di loro che si condizionano a vicenda. Ogni storia racchiude più avventure, ogni passo cambia la prospettiva sul paesaggio e ci da nuovi punti di riferimento. Il trucco per vivere sempre al massimo è quello di non smettere di essere bambini, bisogna mantenere la magia dello stupore anche quando tutto sembra così marcio e fasullo.

♩ ♩ ♩ ♩ fine ascolto ♩ ♩ ♩ ♩

Mi addormentai immerso nei miei pensieri. Viviamo in un'epoca in cui tutto ciò che ci circonda lavora per guadagnarci qualcosa, niente ci è dovuto tutto va guadagnato.
Il resto della settimana lo passai sempre con lo sguardo rivolto verso il basso, solo, abbandonato alle mille voci che da dentro mi stavano divorando. Paranoia dopo paranoia ero sempre appeso ad un filo sottilissimo tra baratro e tristezza. Nel fine settimana andai dai miei nonni, Loro mi capivano tanto, anche se non parlavo, dalla luce dei miei occhi trovavano la soluzione ai miei problemi.
Mio nonno mi portò a fare un giro nei campi circostanti alla casa, la serenità di quelle passeggiate era vitale, per quegli istanti tutto dentro me taceva e respiravo a pieni polmoni aria di libertà.

Alla fine noi dipendiamo dalla natura, abbiamo imparato tutto da lei e grazie a lei abbiamo tutto ciò di cui godiamo. Eppure tentenniamo nel rispettarla, come in ogni cosa, noi esageriamo. Sono anni che ormai dicono che c'è una crisi climatica in corso, eppure tutto tace. Non si agisce per contrastare questi avvenimenti, anzi, laddove c'è da guadagnare si raddoppiano i consumi. Siamo in transizione ecologica da anni, ma cambiamenti non se ne vedono, l'unica cosa che cambia è il tempo... sempre meno. Io penso che invece di minacciarsi con le bombe nucleari e con i missili, sarebbe opportuno fare meno i bambini e più gli adulti, scusate i bambini la fanno già la raccolta differenziata, gli umani dai, dobbiamo fare gli umani. Prendere in mano la situazione, rispettare tutti quanti i piani prestabiliti e salvarci tutti quanti dalle prossime catastrofi naturali, perché se non sarà una bomba nucleare a farci fuori, dobbiamo evitare sia il prossimo tornado di turno, terremoto o tsunami. Siamo troppo impegnati a fare i prepotenti e preoccuparci del denaro, dimenticandoci di cosa davvero ha bisogno di piani ben rispettati. Credo che sottovalutiamo troppo questa vicenda, è già troppo tardi, ma non ce ne siamo ancora accorti. Siamo tutti sulla stessa barca e la cosa che mi inquieta, è che non abbiamo compreso che non importa quanti soldi abbiamo, questa tematica ci accomuna tutti, eppure nessuno agisce come dovrebbe.

Mio nonno mi raccontava che ogni canale, quando lui era bambino, aveva le rive ricoperte di alberi, ora non c'è più nulla. Negli ultimi 35 anni in Amazzonia, si sono persi quasi 75mln di ettari di foresta, il 15% della superficie totale ad oggi è andata persa. Recenti studi, hanno affermato che l'Amazzonia è ad un passo dal suo punto di non ritorno, raggiungibile al 25% di superficie forestale persa. Nonostante i recenti avvenimenti climatici estremi, il 55% in più solo nel

2022 in Italia, 310 eventi climatici hanno provocato 29 morti, sembra che nessuno senta davvero il problema. Sono preoccupato, credo che siamo noi i nemici di noi stessi. Nel 2050 il termometro registrerà un più due gradi in Italia. Nell'area alpina, superare i cinque gradi d'inverno potrebbe diventare abitudine e in estate, nelle isole, i cinquanta gradi potrebbero essere facilmente raggiungibili, alzando di tanto il pericolo di desertificazione del meridione. I paesi che stanno accusando di più i cambiamenti climatici sono: Afghanistan, Burkina Faso, Gibuti, Guatemala, Haiti, Kenya, Madagascar, Niger, Somalia e Zimbabwe. In questi dieci paesi, più di 48 milioni di persone soffrono la fame, il doppio rispetto a pochi anni fa. I cambiamenti climatici cambieranno le nostre vite, aumenterà l'immigrazione e sarà sempre più difficile reperire cibo. Qualcosa nelle istituzioni anni fa si stava muovendo. Fu istituito il calendario degli obiettivi del 2030, non solo nessun punto a mio parere non è stato nemmeno sfiorato, ma addirittura siamo riusciti a ricominciare a farci la guerra. Oltre allo scontro russo-ucraina, tengo a portare alla luce un dato spaventoso; nel mondo, mentre state leggendo questo libro, si stanno combattendo 59 altre guerre. La desolazione che si prova quando non si è compresi, è pari alla delusione di un'amore finito.

Passeggiare nel silenzio non è una cosa da tutti. Sprofondare nell'oblio delle proprie paranoie e pensieri per comprenderli uscendo indenni, non è da tutti. Detestiamo il silenzio perché ci mette di fronte alle voci interne che ci tormentano ogni giorno. Passeggiare nei campi o al mare non è una cosa da fare con tutti, perdersi nell'infinita del mare, sedersi su una riva di una roggia e udire il fruscio del vento, mischiato con il rumore dell'acqua. La vita non è come la matematica, la vita è più arte, libertà, la vita non ha schemi o regole. Ogni incontro che facciamo durante la nostra esistenza, ha un significato, ogni persona che conosciamo gioca un ruolo nelle nostre vite. L'amore domina le nostre vite, condiziona molto la nostra esistenza; dicono che quando un amore finisce, il dolore che viene provato è pari a quello di un lutto. L'amore è bellissimo, viene compreso realmente solo quando esso finisce; il primo mese piangi, il terzo cominci a credere di aver dimenticato tutto, ma appena senti il suo nome ancora ti volti; dopo un anno se vedi una sua foto, o un messaggio vecchio, o i tuoi amici nominano il suo nome, ancora ricadi nel tranello dei pensieri e ci ripensi, la magia dell'amore è farti sentire vicina una persona anche se è dall'altra parte del mondo. Passiamo, durante la vita, in media 27 anni dormendo, 18 mesi in coda, 6 mesi a guardare pubblicità, 18 giorni a guardare dentro al frigo e 2 giorni ad allacciarci le scarpe, ma pochi minuti al giorno per ascoltarci. Riteniamo continuamente che la nostra esistenza sia fine a se stessa, nessuno in questo mondo è frivolo, ogni essere umano ha il diritto e la possibilità di essere amato, ma adesso, ragioniamo, come si fa ad amare un'altra persona se prima non amiamo noi stessi? Io non cammino, non posso fare nulla nella mia vita, sono costretto a vivere rinchiuso in un guscio che non mi sento di appartenerci, eppure, eppure trovo la forza ogni tanto di guardare fuori dalla finestra e sognare. Le piccole cose, come ho già detto, fanno la differenza. Stupitevi, vi prego, non perdete la magia dello stupore. Non date per scontato i nonni che vi vengono a prendere a scuola, che vi fanno da mangiare, che vi accudiscono, vi prego, apprezzateli fin che ci sono, amateli; non detestate i vostri genitori, non allontanateli dalle vostre vite, il loro amore è il più puro che esiste. Le nostre vite sono poesie, delicatissime prose che vanno lette e rilette più volte per essere comprese, la bellezza dei nostri scritti, sta negli errori, ci rendono umani e diversi dagli altri. Viste da fuori, le nostre vite sembrano tutte così belle ordinate, ma se le rileggi più volte troverai qualche virgola fuori posto, qualche errore di battitura, qualche disattenzione, la bellezza della perfezione, sta nell'imperfezione stessa. Ci innamoriamo della singolarità dell'individuo, non dalle cose che ci accomunano. La bellezza dell'amore sta proprio nella sua meravigliosa libertà priva di leggi e regole. Il sole piano piano nei campi tramontava, il nonno continuava a spiegarmi quanto il mondo stava perdendo il tatto con le emozioni, la tecnologia sta migliorando le nostre vite, ma allo stesso tempo, sta demolendo l'unicità delle emozioni stesse. Il virtuale non può sostituire il reale, non lasciate che le vostre vite siano riassunte in semplici foto su Instagram, non accontentatevi dei milioni di follower, non lasciate che siano gli altri ad apprezzarvi ma fatelo prima voi! L'essere è più importante dell'apparire. Ricordiamoci che noi conviviamo con noi stessi per tutta la nostra vita e mascherarci dietro a figure che non ci appartengono, oltre ad allontanare la felicità avvicinando la finzione, causa ferite incurabili alla nostra anima. Preferisco fallire autentico, che fallire da miserabile copia di qualcuno. Arrivati a casa, il nonno mi parcheggiò davanti al camino, i miei genitori erano in sala con la nonna a chiacchierare e da lì a poco saremmo ritornati a casa. Ero particolarmente pensieroso quel giorno. Il mio sguardo bruciava insieme alle fiamme del camino, mi domandavo, chi può amare una persona come me? La domanda mi tormentava.

Dietro ad ogni pensiero si nasconde una paura, avevo il timore di rimanere solo, temevo l'esclusione dalla vita quotidiana. Lavorare, per me, in futuro poteva rappresentare un limite. Sono un appassionato di storia, mi piacciono le dinamiche politiche, la psicologia, l'arte, ma non potevo ambire a nulla. Una cosa che odio, sono i paletti che la società mette nel futuro di ognuno di noi. Non lo nascondo, durante la mia esistenza ho visto più raccomandazioni che meritocratici, alle spalle ogni ragazzo che rinuncia ad un suo sogno, c'è un bagaglio di investimenti mandati a monte. Il mio pensiero non giustifica chi pecca d'impegno e rinuncia, ma evidenzia che ci sono forti problemi nella meritocrazia, essere bravi oggigiorno non basta più. Le Università ti formano, ti illuminano la mente, ma c'è troppo divario ancora tra lavoro e scuola, per mio personale parere, senza tener conto delle possibilità economiche, nel quale tema tutti ci mangiano sopra. L'ora si fece tarda e con grande tristezza salutammo i nonni e tornammo a casa.

La strada bagnata dall'umidità rifletteva le luci dei semafori, la luce lasciava spazio al buio e i passanti in ordine camminavano verso le vie del centro, tutto così fermo e irreale. Appena mio papà parcheggiò la macchina nel box, mi feci mettere il pigiama e andammo a letto. Comprendere l'esistenza del male è la chiave per risaltare il bene.

Nel fine settimana ancora una volta non mi sentii bene, avevo un male atroce al fianco. Mio padre mi riportò all'ospedale e dopo diversi accertamenti e esami, mi trovarono un tumore al pancreas. Inizia il mio percorso di chemio, mi rasarono a zero, mi sentivo la forma di vita più disprezzata sulla terra da parte del fatuo. Mi ricoverarono in stanza con una signora anziana, si chiamava Carola, leggeva davvero tantissimi libri, aveva il tavolo davanti al letto pieno. Il giorno seguente venne Claudia a trovarmi, vidi che aveva su una cuffia e aveva gli occhi lucidi, anche lei si era tagliata i capelli a zero. Mi disse che per farmi sentire parte della società, avrebbe compiuto ogni gesto necessario. I suoi genitori mi lasciarono una rosa, un orsacchiotto e qualche cioccolatino sul tavolino di fianco al letto, Claudia aveva fatto un gesto meraviglioso. L'alternarsi dei giorni stavano sempre di più demolendo la mia psiche. In quel posto c'era odore di morte, il confine tra esserci e non esserci più, era così sottile che a momenti svaniva. Il tempo fece appassire la rosa, i suoi dolci petali alla caduta si abbandonavano alla magia del vento, danzanti come fiocchi di neve al suolo si posavano. Il mio sguardo abbandonato al buio della notte, si abbandonò nella dolcezza di un respiro.

Fuori il cielo era tinteggiato di bianco dalle nubi, in lontananza un temporale sempre più vicino si palesava. L'infermiere tentò insieme allo staff dell'ospedale di rianimare Leonardo senza però ottenere risultato sperato. Mi spensi nel silenzio della mia camera, interrotto solo dal rumore dallo sfogliare delle pagine da parte della mia compagna di stanza. Fu lieto il cielo ad accogliermi, non fu tramonto, ma l'alba per le altre vite. Nel pomeriggio, a scuola, mia madre e mio papà distrutti dal lutto andarono a ritirare i miei libri dall'armadietto. Claudia origliò la chiacchierata tra la direttrice e mio padre, corse in cortile dietro alla quercia e pianse spezzata dal dolore. Trovò tra le foglie marce accatastate al suolo, il mio braccialetto della Cremonese, con un sorriso sommerso dalle lacrime, se lo legò al polso e non se lo tolse più per tutti i suoi giorni.

"Bambini dai andate a letto" preoccupato dall'ora tarda.
"Ma papà, l'amica di Zio Leonardo che fine ha fatto?"
"Claudia?" Domandai confuso e stanco. "Sì, papà!"
"Claudia è proprietaria di una squadra di basket per persone disabili".
"I nonni e i bulli?"

"I nonni hanno faticato a dimenticare mio fratello, ma sono orgoglioso di portare il suo nome- continuai- . Il compagno di banco di mio fratello, ora tiene corsi contro il bullismo nelle scuole".

Sorridente conclusi: "Vostro zio Leonardo non c'è più, ma la sua anima si è sparsa nelle vite di chi gli stava accanto".

Spensi la luce e me ne andai a letto felice di aver dato speranza ai miei figli; dimostrando che nel mondo d'oggi, dove odio e vizio dominano, c'è sempre uno spiraglio di luce per iniziare a brillare.

III
LA BELLEZZA DI UN SOGNO

Tifavo il Leicester dai tempi della League One e fare il giornalista sportivo è sempre stato il mio più grande sogno. Quando ero piccolo, mia nonna non pagava le pay TV per guardare il calcio e quindi seguivamo le telecronache e le radiocronache, ricordo che rimanevamo lì tutto il pomeriggio insieme sul divano. Il calcio, lo sport più amato, ma anche il più criticato, nella mia vita aveva uno spazio ben definito e sconfinato. Andavo spesso allo stadio. Mi piaceva sentire il clima da stadio rimbombarmi nelle orecchie, infondo se non avessi una bandiera, non saprei che vento tira, come dice Bresh. Le foxes non sono una big del calcio inglese, assolutamente, noi siamo quelli da battere, i classici tre punti o ci rimetti. Ma passare in casa nostra non è mai stato semplice. Il Leicester è stato fondato nel 1884 e prima di trovare il suo stadio definitivo, ne ha cambiati ben cinque. La prima partita ufficiale nella lega nazionale fu contro il Grimsby, squadra di una città con 87.000 abitanti posta nella contea di Lincolnshire, i quali vinsero 4-3, consegnando alle foxes la prima sconfitta della loro storia. Per agguantare la prima vittoria, non si dovette aspettare molto, il fine settimana dopo, il Leicester City vinse contro il Rotheirham al Filibert Street. Venivamo dal nulla, la classica storia da provinciale del calcio, quelli da catenaccio e ripartenza, quelli che se vincono è un miracolo, ma che se perdono tutti si chiedono cosa ci faccia una squadra così in Premier. Poche aspettative, ma grandissima speranza, noi siamo quelli che non mollano un centimetro.

Tifare Leicester è un'altalena tra gioie e dolori. Nel 2013 ero allo stadio a vedere la semifinale dei Play off, battere il Watford ci avrebbe dato l'opportunità di giocarci l'accesso nella massima serie inglese, un sogno, un grandissimo sogno. All'andata avevamo vinto 1-0, ma siccome in Inghilterra, già allora, non esisteva la regola dei gol fuori casa, la sfida era ancora apertissima. Al ritorno il Watford conduceva per 2-1; grazie ad un fallo fatto da Cassetti in area di rigore, avevamo l'opportunità di pareggiare e passare il turno, senza giocarci i supplementari. Sul dischetto si presentò Knockaerts, il suo rigore fu calciato troppo centrale e Almunia respinse il tiro con i piedi, riuscì ad opporsi anche alla ribattuta, ma non finì qui! La palla fu spazzata dalla difesa del Watford, Anya servì Forestieri cross dell'argentino, Hogg servì Deeney che siglò il clamoroso 3-1 finale, eliminando il Leicester. Quella stagione la squadra guidata da Zola, perse a Wembley la finale promozione contro il Crystal Palace ai supplementari. Il ritorno in Premier League arrivò la stagione successiva, il 2014 fu l'anno buono.

Dopo una stagione davvero complicata, la salvezza venne agguantata nelle ultime giornate. In estate lavoravo come barista in un pub di Leicester, avevo sempre più la voglia di tentare almeno di fare un'esperienza giornalistica, scrivevo come hobby senza nemmeno pubblicare, ma comunque avevo passione. Trovai questo giornale locale, al quale serviva una mano proprio in ambito calcistico, con fatica riuscii ad entrare dentro questo notiziario. Ero felicissimo, la prima cosa che feci fu cambiare tutti i turni, il week end ora era off-limits. La stagione si aprì con la presentazione del nuovo allenatore, Claudio Ranieri, l'ex Roma arrivava da un paio di panchine in cui non aveva eccelso in maniera particolare e Leicester poteva essere una buona piazza per un suo rilancio. Una cosa mi balzò subito all'occhio, era romano, cresciuto nel quartiere di Testaccio; la città di Leicester fu fondata dall'Impero Romano, non vuol dire nulla, ma comunque fu una cosa che mi fece sorridere. La nostra città era una delle più multietniche dell'Inghilterra, eravamo più famosi per il rugby che per il calcio, ma piano piano, le cose, si stavamo rovesciando. Dopo lo scandalo della scorsa stagione, in cui il presidente portò la squadra a Bankok per festeggiare la salvezza agguantata all'ultimo, un viaggio che si trasformò in uno scempio, tre giocatori, uno dei quali il figlio dell'allenatore Person, conclusero la serata con delle escort in un motel. Ripresero la scena con il cellulare e in più rivolsero alle donne degli insulti razzisti. Il video finì in mano ai giornalisti, i quali lo divulgarono, uno scandalo che portò ad una vera e propria rivoluzione in casa Leicester. Esonerarono l'allenatore e mandarono via i giocatori coinvolti. Claudio aveva il compito di rilanciare la squadra e anche la sua carriera, il mister romano era reduce da una deludente esperienza come commissario della nazionale Greca, aveva bisogno di una buonissima stagione. Fu accolto con molta ironia: "Claudio Ranieri, fate dite sul serio?" commentò su twitter Gary Lineker, ex claciatore inglese nato proprio nella città di Leicester. A dicembre, quando si ricredette, promise che se il Leicester avesse vinto la Premier, avrebbe condotto la sua trasmissione televisiva in mutande. Nella sua prima conferenza stampa, Claudio, affermò che voleva fare un punto in più rispetto alla passata stagione; era una frase che andava un po' interpretata. La società non pretendeva cose impossibili, chiedeva solo una salvezza tranquilla, a fronte di quella dell'anno scor-

so, giunta grazie ad un filotto di ventidue punti in dieci
giornate. L' 8 agosto, il Leicester vinse 4-2 contro il Sunderland, segnarono: Vardy e Mahrez. A convincere la critica, non fu la vittoria in sé, ma il gioco espresso. Ranieri
schierava le foxes con un semplice 4-4-2: Schmaichel in
porta; Simpson, Morgan, Huth, Fuchs costituivano la linea
difensiva; Mahrez, King, Kanté, Albrighton a centrocampo; Okazaki, Vardy attaccanti. L'esplosività dei singoli era
la dote maggiore che si distingueva dalle altre qualità dei
giocatori. Incredibile è la storia di Vardy, giocatore che ha
sempre militato nelle leghe minori inglesi e oggi si ritrova
in Premier come punta della squadra di Ranieri. La partita
successiva, si giocava a Londra contro il West Ham. Arrivò la seconda vittoria consecutiva in stagione, segnarono:
Okazaki e Mahrez; nel finale Payet accorciò le distanze. Il
22 agosto, il Leicester pareggiò contro il Tottenham di
Kean. Un risultato sorprendente e molto importante per la
squadra di Claudio, fu una partita ben gestita da parte dei
giocatori delle foxes. Il tottenham soffrì molto le ripartenze feroci del Leicester. Il gol del vantaggio lo trovò Alli,
ma subito dopo, il Leicester reagì e grazie ad un bel gol di
Mahrez agguantò il pareggio. Il King Power Stadium era
una bolgia.
A Bournemounth, non fu per nulla semplice, i rossoneri
giocavano quasi speculari al Leicester, il pareggio fu un risultato giusto, quasi stretto al Bournemounth.
1-1, gol di Vardy su rigore nel finale, in risposta al gol di
Wilson, arrivato al ventiquattresimo minuto. Qualcosa in
città si percepiva, una magia davvero strana, tutti si erano
stretti vicino alla squadra di Ranieri. Nello sport, ma come
nella vita, il gruppo fa la differenza, molto più del modulo
o delle tattiche. Il 13 settembre arrivò a Leicester l'Aston

Villa. I "The Villans" giocarono un match al massimo delle loro forze. A centrocampo istituirono una vera e propria diga per contenere gli attacchi della squadra di Ranieri. Passarono in vantaggio gli ospiti con Grealish e raddoppiarono nel secondo tempo con Gil. Come ho detto, la caratteristica di questo club, è il non mollare mai; al settantaduesimo, con un gran gol di De Leat, il Leicester prese coraggio e negli ultimi dieci minuti, grazie a Vardy e Dyer, le Foxes rimontarono. Il parziale finale fu: Leicester 3-2 Aston Villa.

La partita seguente, vedeva il Leicester impegnato contro lo Stoke City allo stadio Bet365, all'epoca chiamato Stadio Britannia. La casa dello Stoke vanta tre stelle nel ranking Uefa e Stanley Matthews è sepolto proprio accanto allo stadio. Questa leggenda del calcio inglese è stato il primo calciatore ad essere chiamato Sir per meriti sportivi. La partita vantava un quasi tutto esaurito e ad aprire le marcature fu proprio la squadra di casa: Bojan al tredicesimo complicò il pomeriggio del Leicester. Sette minuti dopo, gli ippopotami trovarono il raddoppio con Walters. Nel secondo tempo, il Leicester rientrò con un'altra testa, noi giornalisti ci domandavamo se fosse lo stesso Leicester del primo tempo e dopo venti minuti dall'inizio del secondo tempo, avevano già pareggiato, i gol furono di Mahrez e Vardy. Fu il quarto recupero attuato dai ragazzi di Claudio Ranieri, indice che la testa e la voglia non mancavano. Il 26 settembre, al King Power Stadium, arrivò l'Arsenal di Wenger. Ad aprire le danze fu Vardy, l'attaccante delle foxes trovò il diagonale vincente da posizione defilata battendo il portiere della squadra londinese. Sulle orme dell'entusiasmo, l'attaccante raccolse un cross proveniente dalla sinistra ma colpì la traversa, il Leicester sfiorò il gol del raddoppio. Ma sulla stessa azione, dopo un contropiede ben elaborato, l'Arsenal trovò il pareggio con Walcott al diciottesimo. Al trentatreesimo minuto iniziò il Sanchez show, il cileno siglò il gol del sorpasso e su un cross addirittura mise in sicurezza i compagni, risultato sul 3-1. Il Leicester non riusciva a contenere l'Arsenal e ancora Alexis Sanchez, con un tiro dalla distanza, infilò la tripletta. Il Leicester tentò di ricostruire la partita, ma il tempo ormai era scaduto. Nel finale arrivò la rete di Vardy, ma nel recupero a completare la manita inflitta dai gunners, ci pensò Giroud. Finale al King Power Stadium: Leicester 2-5 Arsenal, fu una lezione di calcio che sicuramente fece crescere i giocatori di Ranieri. Fu la prima sconfitta in stagione, il risultato pretendeva una reazione alla partita successiva. Il Norwich non vanta una storia costellata di trofei, in Europa vanta una sola partecipazione alla coppa Uefa 1993-1994, dove fu eliminato dall'Inter. Il turno prima, i canarini, batterono il Bayern Monaco, diventando l'unica squadra inglese ad avere vinto nello stadio olimpico di Monaco di Baviera. Il match terminò 1-2 per il Leicester. Vardy al diciottesimo aprì le marcature e al quarantasettesimo Schlupp trovò il gol del raddoppio. Mbokani al sessantottesimo accorciò le distanze, ma le foxes resistettero fino a fine partita. I siti di scommesse inglesi dichiararono che solo cinque persone nel Regno Unito avevano scommesso sul Leicester campione d'Inghilterra, la quota era cinquemila, in sintesi una vera e propria impresa. Il 17 ottobre, dopo una settimana movimentata, il Leicester era atteso dal Southampton allo stadio St. Mary's. Lo stadio del Southampton è il più capiente del sud dell'Inghilterra situato fuori Londra. La casa dei biancorossi ha la capienza di trentaduemila posti e la struttura sorge in un area abbandonata di Southampton. Fonte e un giovanissimo Van Dijke misero la partita in salita per la squadra di Claudio Ranieri, ma come spesso è accaduto in questo inizio di stagione, il secondo tempo è un'altra storia. Un Vardy ispirato prima accorcia le distanze e poi, al novantesimo minuto, sigla il gol del pareggio. Una prova di forza da parte delle Foxes, squadra che sta andando con lo stesso passo delle big del campionato. Il Leicester, in classifica, era in zone tranquille, ma Claudio Ranieri, in una conferenza stampa dichiarò: "Prendiamo ancora troppi gol" e al primo clean sheet, promise che avrebbe offerto una pizza. Non dovette aspettare molto l'allenatore romano, alla prima occasione, i suoi ragazzi trovarono il primo zero nella casella gol subiti. Al King Power Stadium contro il Crystal Palace arrivarono altri tre punti , con una vittoria di corto muso. Finì 1-0 grazie ad un gol di Vardy. "Questa squadra deve lottare per guadagnarsi tutto" dichiarò Claudio Ranieri. Intanto si faceva gruppo, un gruppo già consolidato e forte, come dimostrato dalle numerose rimonte inflitte agli avversari.

Dopo la vittoria arrivata in casa ai datti del Crystal Palace, arrivarono altre due vittorie molto importanti, la prima contro il West Bromwich per 3-2, ancora in rimonta e 2-1 contro il Watford al King Power Stadium. Un filotto di cinque risultati utili, quattro vittorie e un paraggio, che spedirono il Leicester nelle prime conque posizioni della classifica. Il 21 novembre 2015 è una data storica per il club, dopo aver dominato in lungo e in largo il New Castle Utd all'Upon Tyne rifilandogli un secco 3-0, il Leicester si trovò primo in solitaria, così anche un allenatore così composto e freddo come Ranieri in panchina, si lasciò andare all'esultanza al termine della partita. Le foxes erano per la prima volta nella loro storia prime in classifica. Nel secondo clean sheet stagionale trovato dal Leicester, segnò il solito Vardy, accompagnato da Okazaki e Ulloa. La partita successiva, in casa, arrivò il Manchester United. I red davils erano reduci da cinque risultati utili, con in panchina l'esperienza di Van Gaal e giocatori del calibro di Rooney, De Gea e un Martial in forma, il Leicester aveva davanti a sé una partita tostissima. Sugli sviluppi di un corner in favore del Manchester United, Smichael intercetta il cross e rilancia la ripartenza del Leicester, Vardy assistito da un lancio perfetto tra le linee dei difensori avversari, batte De Gea e batte il record di gol consecutivi in Premier league, record detenuto in precedenza da Van Nistelrooij, impressionate la semplicità che il Leicester ha mostrato nella ripartenza. Le foxes hanno preso letteralmente a pallonate il Manchester per tutto il primo tempo, ma proprio allo scadere della prima parte di gara, Schweinsteiger sfruttò una mischia per depositare la palla in rete. La partita terminò 1-1, un risultato buono per il Leicester, nel secondo tempo la difesa ha retto gli attacchi avversari senza mai concedere occasioni da gol limpide. Le foxes dopo aver guadagnato un punto in casa contro il blasonatissimo Manchester United, era atteso dal Swansea in Galles. I the Swans non erano messi benissimo a livello di classifica e il Leicester sfruttò il suo momento di forma strabiliante. Vinsero 3-0 con tripletta di Mahrez. La squadra di Ranieri sembrava inarrestabile, non sbagliavano una partita e con la vittoria in Galles, i risultati utili salirono a otto. Nove giorni dopo, a Leicester, arrivarono i blues di Mourinho. Ranieri affrontò uno special one in difficoltà e con un morbido 2-1, maturato con le redi di Vardy e Mahrez (quattro gol in due partite) per i foxes, Remy per il Chelsea, i risultati utili salirono a nove. La sconfitta del Chelsea, costò la panchina a José Mourinho; il portoghese in conferenza stampa dichiara: "Credo che il Leicester possa vincere davvero la Premier". Le prestazioni del Leicester erano frutto di una squadra ben preparata e unita; Vardy segnava ogni partita, Mahrez faceva quello che voleva, la difesa era una diga insuperabile, una netta dimostrazione di come credendo nei nei propri mezzi si possa ambire davvero a tutto, il Leicester non aveva campioni affermati, eppure, con un modulo semplice e un gioco dinamico, riusciva a mettere in difficoltà le squadre più blasonate della Premier League. Le due partite successive, vedranno i ragazzi di Ranieri impegnati contro le due squadre di Liverpool. La diciassettesima giornata metteva di fronte Everton e Leicester.

I toffees stavano disputando la sessantaduesima stagione di fila nella massima serie inglese; le foxes si trovavano davanti a dei veri e propri esperti della categoria. L'attacco del Everton vantava un Lukaku in grande forma. L'attaccante belga mise la firma sul tabellino, ma ciò non bastò, nonostante il Leicester soffrì più del solito, la partita terminò 2-3, segnarono Mahrez (due gol) e Okazaki. Il giapponese nel 2015 rientrerà addirittura tra i primi 59 candidati al Pallone d'oro. Decisamente più complicata la partita con il Liverpool. Oltre a vantare una storia incredibile, il Liverpool si stava rilanciando dopo delle stagioni al di sotto delle aspettative. Dopo aver esonerato Brendan Rogers il 4 ottobre, sulla panchina dei reds, arrivò il tedesco Jurgen Klopp. L'ex Borussia Dortmund, capace di raggiungere una finale di Champions Legue con la squadra giallonera di Germania, porta carisma e carattere al Liverpool. La giornata precedente, la squadra di Klopp aveva perso clamorosamente con il Watford, 3-0 secco subito in trasferta, la squadra necessitava di ritornare a vincere. Con un'azione ben elaborata dalla sinistra, Benteke sfruttò l'eccessivo spazio lasciato dai due centrali del Leicester e infilò il gol partita. La striscia di risultati utili consecutivi si interruppe a dici. La sfida successiva fu un pari contro il Manchester City, 0-0 per il Leicester fu la seconda partita senza segnare consecutiva.

A fine anno, in una conferenza stampa, Claudio Ranieri dichiarò: "Combatteremo fino alla fine. La nostra filosofia è dare il 100% ad ogni partita. So che è bene sognare, ma voglio ricordare ai nostri tifosi da dove siamo partiti". Una lezione di vita, l'ambizione può superare il talento, il continuare a crederci in un sogno rende il sogno più vicino alla realtà. Il Leicester aveva iniziato la stagione sommerso dagli scandali, in campionato aveva rischiato la retrocessione e si era salvato all'ultimo; Ranieri ha creato un gruppo e la vera forza di questa squadra non stava nei singoli, ma nel collettivo, ci ha dimostrato quanto il gruppo possa migliorare il singolo, non solo nello sport, ma anche nella vita in generale. Dopo la terza partita senza segnare, giunta al primo match dell'anno contro il Bournemouth, il Leicester ritornò a vincere, dopo tre partite senza trovare i tre punti. La vittoria arrivò contro il Tottenham, i londinesi subirono gol da Huth. I Leicester subì gli attacchi del Tottenham per tutta la partita, Kean colpì una traversa e sprecò diverse occasioni. Il Leicester passò in vantaggio sugli sviluppi di un calcio d'angolo: Huth saltò più in alto di tutti e con un colpo di testa fortissimo incrociò alla destra di Lloris. Mauricio Pochettino vide il titolo allontanarsi ancora di più dopo la bruciante sconfitta giunta in casa.

Al Villa park, il Leicester doveva dare continuità alle vittorie, non era un buon periodo della stagione, le foxes faticavano più del solito a segnare e contro l'Aston Villa a Birmingham arrivò un pareggio 1-1, segnarono Okazaki al ventottesimo e Gestede per i the Villans.

La ventitreesima giornata di Premier League, fu importantissima per gli sviluppi della stagione. Dopo una mini crisi di risultati e di prestazioni in campo, sempre buone intendiamoci, ma con meno continuità realizzativa, contro il Stoke City arrivò un secco 3-0. Segnarono Drinkwater, Ulloa e ritornò a marcare il tabellino dei marcatori Vardy. La punta inglese non trovava il gol da sei partite. Al King Power Stadium, dopo lo Stoke City, arrivò il Liverpool. Alla squadra di Claudio Ranieri serviva una partita di carattere, una prova di forza per dare continuità alla vittoria della precedente giornata. Pronti via, al quarto minuto con un tiro a rasoterra, Mahrez sfiorò il gol del vantaggio; James Vardy scappò sulla destra, servì Okazaki in area con un cross delizioso, ma il colpo di testa del giapponese trovò i guantoni di Mignolet. Il Liverpool stava sbandando pericolosamente, gli spazi concessi alle foxes erano troppi e ampi. I reds di Klopp erano troppo lunghi, tra i reparti c'erano troppi spazi e i giocatori di Ranieri riuscivano a infilare la difesa come volevano, mettendo in difficoltà il Liverpool.

Da un lancio di quaranta metri, Vardy trovò lo spazio tra i difensori del Liverpool e lasciò partire un tiro, che si insaccò alle spalle di Mignolet. Fù un gol straordinario che consegnò al Leicester il vantaggio. Questo gol diventerà un'icona per questa stagione. Per Vardy il gol trovato contro il Liverpool è il diciassettesimo in stagione. A venti minuti dalla fine, Okazaki calcia, ma il pallone viene rimpallato da un difensore e Vardy non si fa trovare impreparato, 2-0, doppietta dell'inglese e vittoria importantissima per le foxes. Dopo il big match contro il Liverpool, la giornata seguente di campionato, arrivò un'altra super partita per il Leicester. Le foxes batterono 3-1 il Manchester City. Il calendario infernale delle foxes aveva messo di seguito tre partite tostissime: Liverpool, Manchester City e ora Arsenal. I gunners già all'andata avevano messo in serie difficoltà il Leicester, causando la prima sconfitta in stagione con il maggior numero di reti subite fino ad oggi dal Leicester, quel 5-2 subito in casa in qualche modo ancora oggi stona in una stagione fino ad ora così perfetta. Al ritorno, il Leicester, probabilmente accusando la stanchezza accumulata anche da un calendario davvero complicato perse 2-1, l'Arsenal sarà l'unica squadra con la quale le foxes non riusciranno a fare punti in stagione. La Premier League si era riaperta ancora di più, tutti tifavano per il Leicester, ma la classifica corta, aumentava la probabilità di beffa da parte di qualche big. Come all'andata, la sconfitta maturata contro l'Arsenal diede inizio ad una mostruosa serie di risultati utili che portarono il Leicester a vincere la Premier League con una giornata d'anticipo. Iconica la conferenza stampa di Claudio Ranieri del 10 aprile, il Leicester aveva matematicamente conquistato la Champions League: "Ehi man, we are in the Champions League! Dilly ding silly dong!". Nessuno ci credeva, come nelle favole a questa splendida storia c'è un lieto fine, la squadra di Ranieri dalla sconfitta maturata contro l'Arsenal, infilò dodici risultati utili, Vardy siglò ventiquattro gol in trentasei presenze, i clean sheet a fine stagione furono sedici. La stagione successiva, il Leicester raggiunse i quarti di finale di Champions League facendo sognare un continente intero. Claudio Ranieri fu il tecnico ad impiegarci meno tempo a vincere la Premier dalla sua assunzione, duecentonovantaquattro giorni . In ventuno anni di storia della Premier, questa è la seconda volta che il titolo non viene vinto da una squadra che non sia di Manchester o Londra.

Il Leicester ci ha insegnato quanto credere nei propri sogni possa portare alla vittoria chiunque. Lavorare sodo per i propri obiettivi non è un obbligo, ma chi non lo fa sprecherà chance e treni che nella vita non passano tutti i giorni. Nessuno credeva in questo semplice tecnico romano, ma a suon di risultati regalò a tutti un sogno e strappò un sorriso al mondo. Il calcio non è vita, ma è parte della vita di molti, come gli altri sport. Lo sport è una bellissima metafora della vita, ci insegna che mollare senza lottare ci priva delle opportunità importantissime. Credo che un secondo Leicester non lo vedremo facilmente, ma ognuno di noi, se crede nei propri mezzi lo può diventare nel suo piccolo. Sono capitato a fare il giornalista l'anno giusto, vedere il pullman scoperto circondato dai nostri tifosi tra le nostre piazze non ha avuto prezzo.

IV
L'INCONSCIO/CALLIOPE
(raccolta poetica)

IL FEGATO/MOIRE

Personificazione del destino

Nella buia e silenziosa vallea,
lo scroscio del torrente si ode indistintamente
tra la moltitudine di pensieri,
che la mia testa puntualmente ne é inondata.
Una stella romita spunta distinta tra le nubi,
il mio occhio fermo,
si perde nel fissarla
smarrendosi nell'infinito vortice delle inconsce paure.
Attonito come una scorza d'arancia,
vagabondo il pensare mio,
è dolce nello smarrirsi
laddove è semplice non capirsi.
Il vuoto silente lasciato dalla mancanza d'amore,
mi gela e blocca il cuore.
Non mi resta che fissare quella stella immersa nel buio,
lasciando l'animo perplesso e fermo,
vittima del tempo e dei suoi rintocchi.

LO STOMACO/CALLIOPE
Divinità della letteratura

Scorre a fiumi nelle mie vene,
insieme al sangue e all'anima essa è mischiata.
Una forza immensa,
che dalla penna leggiadra
come un tuono si manifesta.
Piccoli spazzi di vita mondana
riassunti su un foglio bianco,
nascosti dietro a metafore della natura o chissà cosa.
Attimi di passato.
sfuggiti alla brutalità del nostro piccolo atomo del male.
I poeti preferiscono la carta alla voce,
il silenzio al casino,
i poeti sono l'essenza dell'essere
in costante contatto con la fragilità.
Un binomio perenne
che permette a molti di riposare la mente
dal continuo palesarsi forti agli occhi altrui.
Siamo figli del mondo,
abili menti
capaci di trarre qualche onda emotiva
anche laddove sembra non sussistere,
cogliamo i sentimenti da una foglia appassita,
da una lacrima,
proteggiamo l'autenticità dell'emozione,
riscrivendola su un foglio bianco, rendendola immortale.

I POLMONI/PLUTO

Divinità greca della ricchezza

Una foglia danzante dalle piante ella si cala,
dolcemente si posa nella gelida acqua ferma.
Si percepisce solo il mio passo,
Il freddo pungente
come un mantello m'avvolge le spalle,
un eterno abbraccio che perdura ancora oggi.
I sentimenti riempiono la mia vita,
ma le paure la rendono incolore e priva di ogni sapore.
Il tempo consuma la nostra esistenza,
la roccia diventa ghiaia e poi sabbia,
siamo 8 miliardi di persone
distinte l'una dall'altra,
accomunati solamente dalla morte.
Servirebbe più rispetto,
bisognerebbe respirare di più la vita.

LA LINGUA /APOLLO

*Dio della luce, della musica, dell'arte, della poesia, della
medicina, della malattia, della conoscenza e della scienza.*

Ed è nella notte che si palesa tra i ricordi.
La tua voce soave e delicata,
smaschera i lati più fragili di me.
Le tue parole come carezze mi cullavano la mente,
lasciandomi al riparo dalle insidie mondane,
figlie di egoismi egocentrici che causano solo male.
Ed era nella notte,
che i nostri occhi silenti e luccicanti,
lasciavano un bagliore nei nostri cuori.
Eravamo lumi per la vita di ognuno,
stelle polari che nonostante la foschia,
nel mare più mosso e arrabbiato,
riuscivano a dettare la retta via per il porto ai marinai.
Nella monotonia più assoluta,
sei stata casa,
sei stata roccia, ma soprattutto sei stata vera.
Rimarrai nascosta tra i profumi che percepirò,
nelle parole mai dette,
ma che rimanevano sulla punta della lingua,
rimarrai nelle parole mai scritte;
insomma,
il tuo ricordo sarà lì ad aspettarmi
e invisibilmente ad accompagnarmi nella mia esistenza.

LA CAVIGLIA/EOS
Dea dell'aurora

Mentre il vento soffia incontrastato,

mi perdo tra la moltitudine di pensieri,

che aleggiano come fantasmi dentro la mia testa.

Le campane con un leggero rintocco

accompagnano la mezzanotte,

e un altro giorno muore,

lasciandomi solo ricordi e desideri

da avverare nel successivo dì.

In lontananza

qualche lampo preannuncia l'arrivo della pioggia.

La stanchezza

che con la forza fa socchiudere le mie palpebre,

mi priva dalla voglia di riscatto.

Qualche goccia adagio,

timida gioca a nascondino con qualche mia lacrima,

dolce o amara che sia,

la vita va rispettata anche nella tempesta,

siate più luce per gli altri,

che buio per voi stessi.

I MUSCOLI/NEFELE
Dea delle nubi

È quando il gioco si fa difficile,
che nella vita bisogna fare la differenza.
Per ottenere un miglioramento,
c'è sempre bisogno di sacrificare qualcosa:
tempo, denaro e talvolta vita sociale.
La vita non è un gioco con più opzioni,
o vivi realizzando,
o passerai la tua esistenza
in un loop di fallimenti e surrealismo,
che ti porterà all'esaurimento.
Gli occhi sono l'indicatore delle nostre emozioni,
sono un vetro
che lascia vedere dentro di noi chi ci sta davanti,
cosa davvero desideriamo.
Nel mondo ci sono poche cose davvero certe,
una di queste è che siamo tutti quanti fragili
e tutti quanti leoni,
sta tutto nella nostra testa.

LE OSSA/MNEMOSINE
Dea della memoria

Leggero,
come il suono del violino,
il mio pensiero leggiadro vola via.
Beffardo mi inganna,
nella notte cupa essi si palesa,
quando solo nel letto inerme fisso il soffitto.
gli occhi rivolti al vuoto,
come quando fissi il mare senza una meta precisa.
Io che vorrei ancora ascoltare il tuo cuore,
posando l'orecchio sul tuo petto,
un po' come si ode l'oceano dalle conchiglie.
Mi piange il cuore all'incrociar del ricordo tuo,
sofferente il battito mio rallenta,
siamo distanti,
ma dentro di me c'è una parte di te che non morirà mai.

IL TIMPANO/DAMISO

L'osso del piede di Damiso venne trapiantato ad Achille.
Damiso era considerato tra tutti i giganti il più veloce.

Correndo come rondini nel cielo di primavera,
nell'eterno crocevia di emozioni della vita,
tu sarai certezza ancor più fondamentale.
Nell'alternarsi delle stagioni,
anche quando il gelo mi pungerà le ossa,
come brace sarai sempre lì!
A tener vivo il mio focolare.
La tua voce onnipresente,
sarà verbo di speranza tra i continui clivi della vita.
La tua soave ninna nanna cantata tra le tenebre della notte,
ancora oggi indisturbata,
riaccende quel fanciullo dormiente che c'è in me,
ridando alla mia vita un volto più pittoresco.
Che cosa più bella di questa non c'è:
sarò con chi da me discenderà,
un po' come mio padre e un po' come mia madre,
conservando il tuo eterno giovane volto,
nel susseguirsi degli anni.

IL CERVELLO/LACHESI

*Lachesi era la Moira che svolgeva sul fuso il filo della vita,
distribuiva la quantità di vita a ogni umano e vi decideva il
destino.*

Sorge tra le tenebre il sole,

riportando la luce e mettendo a tacere la notte.

Uno spettacolo di colori sembianti le emozioni nella vita,

uno sciame di sensazioni

che riportano al cuore

la sensazione di essere parte dell'incompresa umanità.

Soffia una leggerissima brezza,

una lacrima tenta di calarsi dall'iride,

ma il vento lesto la percuote,

consumandola come i ricordi fanno

con il scaltro morale.

Il mare, grazie allo sciabordio,

di flutto in flutto,

prende sempre più parte nella mia testa.

La mancanza solenne della tua voce,

mi priva dalla sicurezza

dalla quale ormai mi sentivo un tutt'uno.

Mi poso su uno scoglio,

come delle ramaglie secche a scrutare l'orizzonte sconfinato

e mi rifugio in angoli remoti della mia coscienza,

fuggendo per un attimo dalle possenti paranoie rumorose,

imbattibili dentro di me.

IL CUORE/CHAOS

Il nulla da cui tutto proviene.
Chaos nella mitologia greca è descritto come un vuoto.

Le mie impronte sul bagnasciuga accanto alle tue,
le nostre ombre
che si intrecciano dinanzi alla luce insormontabile del sole.
Noi due,
così piccoli all'occhio del firmamento notturno,
ma che come stelle brilliamo
anche distanti miliardi anni luce.
Noi che siamo e che eravamo,
noi che come flutti
non ci arrendiamo allo scoglio
e che allo scorrere del tempo sorridiamo,
perché cosa più bella di viverlo con te non c'è.
Saremo delicati come gocce di rugiada alla mattina,
fragili come origami ma resistenti come resina.
Sarai la risposta in un mondo di domande,
in cui regna chi dell'istinto ne fa pregio e non irrazionalità.

L'ANIMA/PSICHE

Personificazione dell'Anima gemella,
ossia l'amore umano.

Ed è nei tuoi occhi che ancora mi ritrovo,
nei ricordi la spensieratezza ancora rivedo.
Sono passati anni,
rintocchi sacri che nessuno mi ridarà
e ancora li dedico a te.
Tu che eri sole e luna,
stelle del cielo che indicavano la retta via,
con te tanti piccoli momenti,
come granelli di sabbia fanno con la spiaggia,
formavano la mia felicità.
Sarai sempre presente,
come frammento di anima
o come piccolo baluardo di sogni,
che ancora a stento tento di acciuffare.
Perché infondo amare è bello farlo anche così,
silenziosamente, un gesto alla volta.
Perché l'amore è un po' come scrivere una poesia,
una parola alla volta,
Inserendo frammenti della mia anima,
unica nel suo genere speciale per i suoi difetti.

I NERVI/ELPIS

Spirito di speranza e attesa.

Professa calma quando tutto corre,
parla quando tutto tace,
reagisci quando tutto cade.
La vita è un'altalena,
un insieme di alti e bassi,
discese e salite,
in cui la tua testa fa da bilanciere.
Il ticchettio dell'orologio ci inquieta,
La mancanza di ragionamento
sovviene a causa del tempo.
Siamo grandi sognatori,
grandi mondi con grandi obiettivi,
Ognuno lanciato verso la sua strada.
Come per la natura,
anche per la vita l'inverno fa bene.
Dialogare con noi stessi può aprirci a orizzonti,
che prima non percepivamo minimamente,
se non aggiri una montagna,
non vedrai mai la valle che si apre nel versante opposto.

LE VENE/PROMETEO

Titano della previdenza e del buon consiglio,
creatore della razza umana.

Dentro di me, il passato,
ormai protagonista indiscusso del mio continuo silenzio,
continua indisturbato a regnare.
Come acqua di un torrente,
la mia prematura spensieratezza scorre,
ma all'arrivo alla foce,
con l'impatto contro la vita,
essa si sopprime,
lasciando desolati spazi dinanzi alla mia figura.
Siamo formati da ricordi,
un intreccio perfetto tra passato e presente.
Il nostro capo è sempre
rivolto verso la ricerca della felicità,
quando la semplicità
è la prima chiave di questa estenuante ricerca.
Siate empatici,
esseri umani
capaci di leggere lo scorrere delle emozioni
dentro chi vi sta davanti, siate voi stessi,
ognuno di noi è un opera d'arte unica
e se qualcuno non vi capisce,
non cambiare per nulla al mondo.

LA COLONNA VERTEBRALE/PSYCHE

La Dea della bellezza, dell'amore, della generazione.

Noi siamo il risultato delle nostre scelte,
siamo l'insieme dei nostri sbagli
e delle nostre vittorie.
Rinnegando un errore che abbiamo commesso,
non riusciremo mai a migliorare ciò che siamo.
Accettare una sconfitta, serve per costruire una vittoria,
riguardare i propri sbagli,
voltandosi ogni tanto verso il passato,
può essere un ulteriore passo in avanti per la nostra crescita.
La nostra unica vita non va vissuta nell'illusione dei sogni,
ma va vissuta attraverso la realizzazione degli stessi.
Siamo esseri tutti distinti tra di noi per completarci,
siamo individui pensanti,
con storie e opinioni tutte diverse
e questo non deve essere visto come un elemento negativo,
ma un occasione di crescita collettiva.
Dobbiamo essere consapevoli,
che la colonna vertebrale di questa società,
dai diritti civili alle cose più banali,
alla fine è la diversità.

COME MAI HO SCRITTO *CASTELLI DI CARTA*?
di Matteo Belgiovane

"Castelli di carta" è la trascrizione dei miei ideali, tocca tantissime tematiche di diversi argomenti. Il titolo del libro rappresenta alla perfezione ciò che penso sulla nostra società: sembriamo fortezze indistruttibili e impossibili da invadere, ma in realtà siamo fragili e modellabili come la carta. Siamo estremamente delicati; anche chi si palesa forte, dentro di sé nasconde un senso di insicurezza davvero non indifferente. Siamo la società degli illusi, crediamo di avere davanti una rocca perfetta in tutte le sue componenti, ma in realtà può essere semplicemente spazzata via dal soffio del vento. Ho scelto "di carta" anche per ricollegarmi alla lotta al cambiamento climatico e all'inquinamento, temi che non sono stati fino ad oggi, a parer mio, non ancora affrontati con la giusta importanza. Siamo il popolo perfetto, sì come no! 2023 e siamo ancora qua a lottare per la parità di genere, per accettare un ideale diverso sull'amore, per accettare chi sceglie una vita diversa dalla nostra, anch'io, dopo che pubblicherò questo libro, verrò sicuramente molto più criticato, siamo il popolo della libertà di parola solo quando ci fa comodo. Ho inserito all'interno del libro tre diverse trame: una ruota intorno alla guerra, una alla disabilità e l'ultima riguarda lo sport, che lo ritengo una formidabile metafora di vita. La guerra perché secondo me non sappiamo quanto essa possa condizionare le nostre vite realmente, ho voluto sottolineare quanto la sua forza distruttiva, oltre ad abbattersi sugli edifici e su chi combatte in campo, si espanda anche a chi non c'entra direttamente. La frase: "ogni proiettile cancella una storia" è ciò che ritengo rappresenti davvero la guerra, un'offesa alle nostre precedenti generazioni. Ho voluto evidenziare nei miei racconti, quanto l'assenteismo ai seggi non renda più fighi quelli che non votano. Ho cercato di smontare la frase: "ma sì! Cosa cambia", cambia eccome! Rispetto ogni idea contraria alla mia, l'ascolto, la confuto e ne faccio un insegnamento, sempre. La scelta della tematica dell'invalidità, lo ammetto, l'ho fatta perché volevo mostrare a tutti quelli che si lamentano della propria vita (compreso me), che c'è sempre chi sta peggio. Attenendomi alle difficoltà del protagonista, ho saputo dare valore a una cosa che noi giovani fatichiamo a prestarci, l'ascolto. Ascoltare è una benedizione. Ho dato una mia visione sull'amore e su tantissimi altri sentimenti; ho cercato di descrivere un errore come una possibilità e una difficoltà come un'opportunità. Nel racconto sulla disabilità ho conciliato la speranza con la distruzione dell'emarginazione sociale: ho parlato di bullismo, crisi e insicurezze. Ogni vita è intrecciata ad altre vite, l'ho cercato di dimostrare proprio in questo racconto, anche la scelta del nostro futuro, spesso, viene condizionata dalle esperienze delle vite che ci circondano. Siamo un po' come delle spugne. Amiamo e amiamo dimenticandoci che il primo vero nostro amore, è quello per se stessi.

La vittoria della Premier League del Leicester è stato un miracolo sportivo, l'ho inserita all'interno di *"castelli di carta"* perché simboleggia quanto credere nei propri mezzi e nei propri sogni, ti faccia rendere il quintuplo meglio, facendoti raggiungere obiettivi inimmaginabili. Siamo tutti un po' dei Leicester, visti come deboli, ma che in realtà, dentro, bruciano di grinta. Questo libro è una parte di me

che entrerà come ospite, in punta dei piedi, nelle vostre menti, racconti, storie, pensieri, ragioni, sono frutto delle mie ideologie. Credo che il mondo viva nella sua ombra e che tal volta, preferisca errare che compiere azioni corrette ma scomode a terzi, siamo timidi, siamo una società di timidi, anzi, è la società che ci vuole timidi; ma attenzione questo potrebbe essere un vantaggio, ragionare dieci minuti in più su una cosa da fare, può salvarti da anni di calvario per rimediare all'errore compiuto. Come ho già detto in libri precedenti, è l'intelletto che ci distingue dagli animali. Ho faticato tanto a scrivere questo libro, lo sento molto mio e profondo. Concludo, se volete porre dei cambiamenti alle vostre vite, dovete sacrificare qualcosa, per comprendere a pieno la felicità, bisogna aver sofferto almeno una volta.
Vi lascio con una domanda; cosa porta un uomo ad odiare qualcuno, anche se nel mondo non manca ormai più nulla?

Matteo Belgiovane

RINGRAZIAMENTI

Se sono giunto a così tante pubblicazioni, è merito sopratutto di voi lettori. Questo libro ve lo dedico, lo lascio in custodia alle vostre menti. Volevo ringraziare tutta, ma proprio tutta la mia famiglia: siamo una squadra, un team ben collaudato che rema in una direzione. Separo dai ringraziamenti famigliari mia nonna e mia mamma, non me ne vogliano gli altri, ma mia nonna e mia mamma sono le mie consigliere, a loro va un grazie enorme. Ringrazio la casa editrice per credere nei miei progetti, come riportato nell'intervista scritta presente nelle ultime pagine nell'*Arte della prospettiva*, Nicola è un amico prima ancora di essere collega, così come lui molti altri all'interno della casa editrice.

Ringrazio la Città di Cremona, onnipresente nei miei scritti, lei mi ha dato molto e io non posso fare altro che portarla nel mio cuore. Ringrazio le scuole che hanno adottato i miei libri per contrastare il bullismo e non solo, grazie davvero. Ringrazio tutte quelle persone che mi stanno affiancando nei miei progetti, l'elenco sarebbe lunghissimo, ma a voi va ogni lettera presente all'interno del libro.

Chiudo i ringraziamenti con il ringraziare tutti i miei amici, vi voglio davvero tanto bene.

Non deve essere solo uno slogan, ma una vera e propria regola di vita: beliveINdreams.

NOTE SULL'AUTORE

Matteo Belgiovane (Belgio) - Scrittore

Nato a Cremona il 24 agosto 2000, è conosciuto negli ambiti letterari e della poesia come "Belgio".

Il suo primo libro *"L'arte di vivere"* raggiunge per ben due volte il primo posto nelle classifiche online.

Realizza una "live" con oltre 5000 visualizzazioni e ottiene un articolo a piena pagina sul quotidiano la Provincia. Da quel momento è un crescendo di successi che lo incoronano a uno dei più importanti autori di poesia italiani. Ogni suo post riceve centinaia di mi piace. Ha pubblicato un secondo libro dal titolo *"Ai confini"* stato presentato insieme al sindaco della sua città Cremona. Il secondo libro si posiziona stabilmente tra i primi quattro posti della classifica italiana di poesia online. Conquista dopo poche ore, con *"L'arte del coraggio"*, il suo terzo libro, il primo posto nella sua categoria online.

Insieme ad altri autori porta nelle piazze e negli oratori, una presentazione contro il bullismo e la depressione.

Belgio ritiene che l'arte sia il mezzo per combattere il male e risanare ferite presenti nel lettore.

Matteo porta nelle scuole un progetto che mette al centro i benefici della scrittura nella vita di ognuno di noi, facendo riflettere gli alunni sull'importanza delle piccole cose della vita.

Collabora con l'associazione "Noi ci siamo San Marino" e ha partecipato di recente all'ultimo Comics svoltosi proprio nella piccola repubblica, portando la poesia tra le strade e ai giovani presenti.

Ha incontrato, su invito, la Reggenza (i capi di stato). Ha vinto un importante riconoscimento al Premio nazionale di Ascoli Piceno con la poesia " Scorci".

Ha partecipato alla fiera del libro di Cremona e ad "Attacco poetico", leggendo alcune sue poesie in piazza Duomo.

Due sue citazioni sono state esposte nella stazione della metropolitana di Repubblica a Milano.

Belgio è autore precoce, a 12 anni già scriveva poesie e testi di canzone. Oggi frequenta la Facoltà di Scienze della Comunicazione presso "L'Università degli studi di Ferrara".

È un grande amante del mare; nei momenti liberi si rifugia nella casa di famiglia al Lido degli Estensi (FE), innamorato di questo luogo speciale, vi ambienta affascinanti storie e poesie.

NOTE SULL'AUTORE DELLA PREFAZIONE

Claudio Ardigò – Critico letterario

Claudio Ardigò, da sempre amante della lettura e della poesia; conosciuto negli ambienti letterari come uno dei più attenti conoscitori delle opere del poeta argentino Borges.
Organizzatore della Fiera del Libro di Cremona dal 2012; è critico letterario.
Ha partecipato come giurato a numerosi premi letterari tra cui Campiello, Bancarella, Bancarella Sport e Premio Viadana.
Da alcuni anni è presidente di giuria del "Premio Licenza Poetica" di Stresa.
Presidente provinciale del Centro Sportivo Italiano di Cremona; è da sempre attivo nel campo del volontariato.
È anche amante della poesia.

ASSOCIAZIONE NOI CI SIAMO SAN MARINO

L'associazione *Noi Ci Siamo San Marino* è nata dall'impegno di volontari che decidono di far guerra al bullismo e a tutti i suoi sottogeneri: cyberbullismo, violenza, pedofilia e altre forme di abusi.

L'associazione lavora quotidianamente, tramite i numerosi volontari e professionisti, per combattere dalla parte dei giovani, dei loro diritti civili e la loro serenità, offrendosi come punto d'ascolto e di ripartenza per tutti coloro che ne hanno bisogno.

Ha dato vita anche allo 'sportello lavoratori', un punto di riferimento per chi è vittima di mobbing, razzismo e problematiche inerenti la sfera lavorativa. È sempre pronta ad affrontare ogni eventuale problematica venga presentata, con competenza e affidabilità. Supportare *Noi Ci Siamo San Marino* significa dar voce alle famiglie e a coloro che rappresenteranno il nostro futuro.

NOI CI SIAMO SAN MARINO

Iban SM15G0854009805 000050185431

https://www.noicisiamosanmarino.org/